달섬 세계고전
7

# 돈 후안 테노리오

호세 소리야 이 모랄

*Don Juan Tenorio*

# 돈 후안 테노리오

정동섭 옮김

달섬

# 목차

## 돈 후안 테노리오

## 일러두기

1. 이 책은 호세 소리야 이 모랄(José Zorrilla y Moral)의 『돈 후안 테노리오: 2부로 구성된 종교환상극』(*Don Juan Tenorio : Drama religioso–fantástico en dos partes*)을 온전히 옮긴 것이다.
2. 이 책을 옮기면서 데이비드 지스(David T. Gies)가 편집한 『돈 후안 테노리오』(*Don Juan Tenorio*, Madrid : Castalia, 1994)를 참조했다.
3. 주의 일부는 원서 편집자인 데이비드 지스의 주를 옮긴이가 선별하여 옮긴 것이나 대부분은 독자의 이해를 돕기 위한 옮긴이의 주이다. 데이비드 지스의 주는 '(편집자주)'로 표기했다.

## 등장인물

돈 후안 테노리오: 주인공. 여성을 농락하고 결투를 즐기는 인물.
돈 루이스 메히아: 돈 후안의 라이벌. 돈 후안과 내기를 한다.
돈 곤살로 데 우요아: 칼라트라바[1]의 기사단장. 도냐 이네스의 아버지.
돈 디에고 테노리오: 돈 후안의 아버지.
도냐 이네스 데 우요아: 여주인공. 수녀원의 예비 수녀.
도냐 아나 데 판토하: 돈 루이스의 약혼녀.
크리스토파노 부타렐리: 여관 겸 주점의 주인.
마르코 시우티: 돈 후안의 시종(侍從).
브리히다: 도냐 이네스의 하녀.
파스쿠알: 도냐 아나의 하인.
센테야스 대위: 돈 후안의 친구.
돈 라파엘 데 아베야네다: 돈 후안의 친구.
루시아: 도냐 아나의 하녀.
세비야에 있는 칼라트라바의 수녀원장
수녀원의 순찰수녀
가스톤: 돈 루이스의 시종.
미겔: 부타렐리의 하인.
한 명의 조각가
두 명의 순찰대
(대사없는) 시종
돈 곤살로의 석상: 돈 곤살로의 역할.
도냐 이네스의 석상: 도냐 이네스의 역할.

세비야의 신사들, 가면을 쓴 사람들, 정체모를 사람들, 해골들, 석상들, 천사들, 그림자들, 경찰들과 군중들.

이야기는 카를로스 5세 말기인 1545년 세비야를 무대로 펼쳐진다. 처음 4막은 하룻밤 사이에 일어나고 나머지 3막은 5년 후의, 역시 하룻밤 사이에 일어나는 사건이다.

---

1 (편집자주) 칼라트라바(Calatrava)는 몬테사(Montesa), 알칸타라(Alcántara), 산티아고(Santiago)와 함께 스페인의 커다란 군대조직인 기사단을 형성하고 있던 곳이다.

# 제1부

# 제1막

## 방송과 스캔들

**등장인물**

돈 후안
돈 루이스
돈 디에고
돈 곤살로
부타렐리
시우티
센테야스
아베야네다
가스톤
미겔

신사들, 수상한 자들, 가면을 쓴 자들, 순찰대

크리스토파노 부타렐리의 여관. 구석에 있는 문은 거리를 향해 있고 탁자들, 술 난시를 그리고 어린 검 주점에서 사용하는 용기들이 있다.

## 제1장

돈 후안, 부타렐리, 시우티

돈 후안이 가면을 쓰고 탁자에 앉아 편지를 쓰고 있고 부타렐리와 시우티가 그 옆에서 대기하고 있다. 막이 걷히자 거리에 가장 행렬과 학생들, 횃불을 든 사람들이 지나가는 것이 보인다. 음악이 흐르고 축제 분위기이다.

**돈 후안** 제기랄 놈들, 소리 좀 작작 지르지!
편지 끝내고 나서

내가 가만두나 봐라!

(계속해서 편지를 쓴다.)

**부타렐리** (시우티에게) 대단한 카니발이야.

**시우티** (부타렐리에게) 돈통을 채우기에
좋은 계절이지요.

**부타렐리** 칫. 세비야에서는 이제 별로
재미도 없고 사람들은 술만 마셔댄다네.
이곳은 또 물도 썩 좋지 않은데
돈 있는 사람들에게는
별로 구미가 당기지 않아
부당하게 평이 나빠진 그런 곳이지.

**시우티** 하지만 오늘은…….

**부타렐리** 오늘은 빼고, 시우티. 오늘은 좋았어.

**시우티** 쉿! 좀 조용히 얘기하세요.
우리 나리는 참을성이 좀 없거든요.

**부타렐리** 그의 시중을 들고 있나?

**시우티** 벌써 1년 됐습죠.

**부타렐리** 그래, 좀 어떤가?

**시우티** 말할 수 없이 좋아요.
기대 이상이지요.
시간도 많고, 주머니는 두둑하고,

끝내주는 계집애들에다 술도 맘껏 마시지요.

부타렐리 대단하군. 팔자가 늘어졌어!

시우티 (돈 후안을 가리키며)

다 남의 돈이죠, 뭐.

부타렐리 부자겠군, 그렇지?

시우티 돈방석에 앉아 있어요.

부타렐리 솔직한 사람인가?

시우티 학생처럼 솔직하죠.

부타렐리 고결하기도 하고?

시우티 왕자같이 고결하죠.

부타렐리 용감한가?

시우티 해적처럼 용감하죠.

부타렐리 그는 스페인 사람인가?

시우티 그런 것 같아요.

부타렐리 이름이 뭐지?

시우티 그걸 모르겠어요.

부타렐리 한심한 놈! 가는 곳은 어디인가?

시우티 여기요.

부타렐리 편지가 길군.

시우티 원래 편지를 오래 써요.

부타렐리 대체 어떤 놈한테 저토록

조심스럽고 장황하게 편지를 쓰는 거야?

**시우티** 자기 아버지에게요.

**부타렐리** 대단한 아들이로군!

**시우티** 이 시대에서는
흔치 않은 인물이죠.
쉿! 조용히 하세요.

**돈 후안** (편지를 마치며)
이제 서명하고 접으면 되는군.
시우티?

**시우티** 네, 주인님.

**돈 후안** 이 편지를 도냐 이네스의 기도서
속에 넣고 오너라.

**시우티** 답장을 받아올까요?

**돈 후안** 그녀를 시중드는 그 악마의 속치마,
내 의도를 알고 있는
그 하녀의 속치마에서
너는 열쇠와 시간과
증표를 얻을 수 있을 것이다.
그러면 바람보다 더 가볍게
이리로 다시 오너라.

**시우티** 그럽죠. (나간다)

## 제2장

돈 후안, 부타렐리

**돈 후안** *크리스토파노, 이리 오게.*

**부타렐리** *그러지요, 나리!*

**돈 후안** *들어보게.*

**부타렐리** *듣고 있습니다.*
*저는 스페인어를 배웠으니*
*만일 나리께서 나리의 언어로*
*말하시는 게 더 쉬우시면*
*주인님을 따르겠습니다.*[1]

**돈 후안** 그래, 그게 좋겠군.
*그럼 자네의 토스카나어*[2]*는 그만 좀 하게나.*
그리고 말해봐.
돈 루이스 메히아가 오늘 왔는가?

**부타렐리** 나리, 그분은 아직
세비야에 도착하지 않았습니다.

---

1 원문에 따르면 제2장 처음부터 여기까지 돈 후안은 부타렐리와 이탈리아어로 대화한다. 원문에서 이탈리아어로 표기된 것은 이탤릭체로 표기한다.

2 이탈리아의 한 지방. 지리, 언어, 문화 그리고 정치와 경제면에서 토스카나는 이탈리아 르네상스의 중심지였다. 따라서 토스카나어는 표준 이탈리아어로 확립되었기에, 토스카나어는 곧 이탈리아어를 의미한다.

돈 후안 그가 아직도

오지 않았단 말이지?

부타렐리 그렇게 알고 있습죠.

돈 후안 그렇다면 그자에 대한 소식은

좀 알고 있는가?

부타렐리 아참! 나리께 말씀드릴 게

이제 하나 기억이 나는군요…….

돈 후안 희소식인가?

부타렐리 아마 그럴걸요.

돈 후안 그렇다면, 말해보게.

부타렐리 (혼자말로)

아니지, 실수하지 말아야지.

오늘 밤이 1년이 되는 날인데

그는 그걸 잊은 거야.

돈 후안 어서!

얘기를 할 건가 말 건가?

부타렐리 죄송합니다요, 나리.

기억을 더듬느라고요.

돈 후안 말을 해봐!

참을성 없게 만들지 말고.

부타렐리 나리, 그게 말입죠,

나리께서 물어보신 메히아님은 어느날
일어날 수 있는 최악의
상황에 처했습니다.

**돈 후안** 루이스 메히아와 후안 테노리오가
1년 동안 누가 운 좋게도
더 많은 악행을 저지를지 내기를한 건
나도 알고 있는 일이니
그건 특이한 사건에서 빼주게나.

**부타렐리** 그 이야기를 아세요?

**돈 후안** 속속들이 다 알지.
그래서 자네에게
메히아에 대해 묻는 거라네.

**부타렐리** 아! 그 내기가 성사되면
좋으련만! 그러면
사람들은 돈을 잘 쓸 텐데,
그것도 현찰로 말이야.

**돈 후안** 그런데 자네는 돈 루이스가
내기를 하러 올 거라 확신하나?

**부타렐리** 글쎄요. 꿈도 안 꾸죠.
시한은 다가오고요.
아무도 그 내기를

기억하지 않는다고 확신해요.

돈 후안 됐네.

받게나.

부타렐리 나리!

(깊이 고개 숙여 인사한다.)

나리께서는 내기에 대해

뭘 좀 알고 계신가요?

돈 후안 아마 그럴걸세.

부타렐리 그렇다면, 그분들이 올까요?

돈 후안 적어도 둘 중 하나는 올걸세.

그러나 혹시라도 둘 다 이곳에

올 경우를 대비해서 그들을 위해

자네 가게에서 가장 좋은 술 두 병을

준비해두게.

부타렐리 그러나…….

돈 후안 쉿! 잘 있게.

## 제3장

부타렐리

**부타렐리** 성모 마리아여!
메히아와 테노리오가
돌아온 것이 틀림없어……. 그리고
그들은 자기들이 지껄였던 말을
수습하겠지.
오! 그래, 그는 거기에 대해
잘 알고 있는 듯했어.
(안에서 시끌벅적한 소리가 들린다.)
그런데 이건 또 뭐야?
(창문 바깥을 바라본다.)
저것 봐라! 그 외지인이
광장에서 싸우고 있네!
맙소사! 시끌벅적하군!
여러 명이 그를 몰아세우고 있네!
그런데 혼자서도
그들의 기를 꺾어놓고 있군!
와! 정말 난장판이야!
그 앞에서 도망치는 녀석들 좀 봐!

틀림없이 그 둘이 카스티야 왕국[3] 안에
있는 거야. 그래서 세비야가 이렇게
시끄러운 게지. 미겔!

## 제4장

부타렐리, 미겔

**미겔** *무슨 분부신지요?*[4]

**부타렐리** *지금 즉시*
*테이블을 하나 준비하게나.*
*그리고 가장 오래 묵은*
*'그리스도의 눈물'*[5] *두 병을 가져오게.*

**미겔** *네, 주인님.*

**부타렐리** *미켈레토,*[6]
*제발 최선을 다해*

---

3 16세기에는 오늘날의 안달루시아 지방의 일부가 카스티야 왕국에 포함되어 있었는데, 이 작품의 무대가 되는 세비야도 그랬다.

4 이 장은 부타렐리와 종업원인 미겔의 대화로 이루어져 있는데, 이 둘은 이탈리아인이기에 둘 사이의 대화는 이탈리아어로 이어진다.

5 이탈리아 나폴리 지방에서 생산되는 부드럽고 질 좋은 포도주.

6 '미겔'의 이탈리아식 애칭.

*준비해주게나.*

*서두르게!*

미겔 *서두르고 있습니다요,*

*주인님.* (나간다.)

## 제5장

부타렐리, 돈 곤살로

돈 곤살로 여기로군.

주인장!

부타렐리 뭘 드릴까요?

돈 곤살로 주인장과 이야기를 하고 싶소.

부타렐리 제가 주인입니다. 그러니 말씀하시죠.

돈 곤살로 당신이 주인이오?

부타렐리 그렇습니다. 그런데 좀 빨리 하시죠.

제가 좀 바빠서요.

돈 곤살로 그러면 이 금화가

진짜인지 한번 확인해보고 대답하게.

부타렐리 오, 나리!

돈 곤살로 자네는

돈 후안 테노리오를 아는가?

**부타렐리** 네.

**돈 곤살로** 그러면 그가 오늘 여기서
약속이 있는 것도 확실한가?

**부타렐리** 그렇다면 나리는
그의 상대이신가요?

**돈 곤살로** 누구 말인가?

**부타렐리** 돈 루이스요.

**돈 곤살로** 아닐세. 그러나 그들의 만남을
보고 싶네.

**부타렐리** 이 테이블은 제가 그분들을 위해
준비해둔 것입니다요.
다른 테이블에 앉아주신다면
제가 그분들께 드리는
저녁식사 구경을 할 수 있을 겁니다…….
아, 그 장면은 아마도 나리를
깜짝 놀라게 할 것으로 기대합니다만.

**돈 곤살로** 나도 그렇게 생각하네.

**부타렐리** 의심할 여지없이
그 두 사람은 스페인에서
가장 멋진 청년들입니다.

돈 곤살로 그렇지, 또한 가장 수치스러운
자들이기도 하네.

부타렐리 저런! 사람들은 오늘날 행해지는
모든 악행을 그들의 탓으로 돌리지요.
그러나 그들은 악의를 가지고 그렇게 하는 것이고
그 누구도 테노리오나 메히아처럼
셈이 정확하지 않답니다.

돈 곤살로 됐네!

부타렐리 그건 사람들이 남의 말을
하기 좋아해서 그런 거예요. 왜냐하면 나리,
그 방면에 있어서는 제가 선수거든요.
맹세할 수 있어요.

돈 곤살로 필요 없네. 하지만…….

부타렐리 뭔데요?

돈 곤살로 그들을 숨어서 지켜보고 싶네.
사람들이 나를 알아볼 수 없게끔 말이야.

부타렐리 그렇게 하기는 매우 쉽습니다, 나리.
카니발 축제는 가장 고결한 인물의
혈통에 부끄러움이 없도록
가면을 허락해준답니다.
가면을 쓰고 있으면 벗기 전까지

그걸 쓴 사람이 누군지 어떻게 알겠습니까?

**돈 곤살로** 옆자리가 좋겠네…….

**부타렐리** 아무도 여기에 못 앉게 합지요.

**돈 곤살로** 그럼 가면을 가져 오게.

**부타렐리** 즉시 그렇게 합죠.

## 제6장

돈 곤살로

**돈 곤살로** 그런 녀석은
내 마음에 들지 않지만
그와 관계되어 일을 부당하게
처리하고 싶지는 않구나.
내가 직접 사실 여부를 알아보고…….
그러나 그 내기가 사실이라면
그자의 아내가 되느니
차라리 죽는 게 나을 것이다.
만일 그 아이가 상처를 받는다면
이 세상에서 나를 기쁘게 할 것은 없을테지.
먼저 좋은 아비가 되고

그 이후에 훌륭한 기사가 되리라.
혼인은 축복된 대사大事이나
테노리오가 결혼식의 면사포로
수의壽衣를 만드는 것을
나는 바라지 않노라.

## 제7장

돈 곤살로, 부타렐리

부타렐리는 가면을 가져온다.

**부타렐리** 여기 있습니다요.

**돈 곤살로** 고맙소, 주인장.
그들이 도착하는데 오래 걸릴까?

**부타렐리** 오기만 한다면 오래 걸리지 않을 겝니다.
8시가 가까워오니까요.

**돈 곤살로** 그게 약속시간인가?

**부타렐리** 시간이 돼가고 있어요.
첫 번째 종이 울릴 때까지 나타나지 않으면
지는 거랍니다.

**돈 곤살로** 사람들이 수군대는 것이 사실이 아니고

농담이라면 얼마나 좋을까.

**부타렐리** 저는 아직도 그분들이 약속을 지킬지 잘 모르겠어요.

그저 기대만 할 뿐이죠.

그런데 나리께 그 내기가 그렇게 중요하다면

이제 막 시간이 돼가고 있으니,

그리 오래 지체되지는 않을 겁니다.

**돈 곤살로** 그렇다면 앉아서 몸을 숨겨야지.

(그는 오른쪽 테이블에 앉아 가면을 쓴다.)

**부타렐리** (방백으로) 참 수상쩍은 노인이야…….

그의 정체를 알기 전에는

안심할 수가 없겠군.

(그는 청소를 하면서 돈 곤살로를 곁눈질하며 서성댄다.)

**돈 곤살로** (방백으로) 나 같은 사람이 이런 곳에서

기다리며 이런 짓거리를 참아야 하다니!

결국, 내 가정의 평온함이 중요하지.

순결하고 소박한 딸의 운명이 말이야.

가정의 평온이 위험에 처해서는 안 되고말고.

## 제8장

돈 곤살로, 부타렐리, 돈 디에고

돈 디에고는 구석에 있는 문에 있다.

**돈 디에고** 여기가 분명하군.

사람들이 제대로 가르쳐줬어.

그렇다면 들어가자.

**부타렐리** 가면을 쓴 자가 하나 더 왔군.

**돈 디에고** 누구 없소?

**부타렐리** 어서 옵쇼.

**돈 디에고** 여기가 '월계수 여관'이오?

**부타렐리** 바로 여깁니다요.

**돈 디에고** 주인장은 있는가?

**부타렐리** 그와 말씀하고 계십니다.

**돈 디에고** 당신이 부타렐리요?

**부타렐리** 그렇습니다.

**돈 디에고** 오늘 여기서 테노리오가

약속이 있다는 것이 사실인가?

**부타렐리** 네.

**돈 디에고** 그럼 그는 도착했나?

**부타렐리** 아뇨.

돈 디에고 　그럼 올 건가?

부타렐리 　모르겠는데요.

돈 디에고 　자네는 그를 기다리나?

부타렐리 　혹시 온다면
기쁨이 되겠지요.

돈 디에고 　그렇다면
나도 기다리겠네.
(그는 돈 곤살로의 맞은편 옆자리에 앉는다.)

부타렐리 　그 사이에 드실 걸 좀
드릴깝쇼?

돈 디에고 　됐네. 받게나.
(돈을 건넨다.)

부타렐리 　나리!

돈 디에고 　쓸데없는 말은
그만두게.

부타렐리 　용서하세요.

돈 디에고 　용서하겠네.
그럼 그만 가보게.

부타렐리 　(방백으로) 염병할!
저렇게 기분나쁜 사람은
난생 처음이네.

돈 디에고 (방백으로) 나 같은 혈통의 후손이

이렇게 추잡한 곳까지 오게 되다니!

그러나 아비가 아들을 위해

못할 게 무어란 말인가.

내 눈으로 직접

사실을 확인하고

내가 생명을 주었던 아이의

끔찍한 경박스러움을 보아야겠어.

(부타렐리는 사기 일을 하며 구석에서 돈 곤살로와 돈 디에고를 관찰하는데 이들은 가면을 쓰고 침묵으로 일관하고 있다.)

부타렐리 두 사람 모두 돌부처 같구먼!

이들한테는 내 식료품이 남아돌겠어.

허참! 저들은 돈을 지불하고도

아무것도 하지 않으니 난 부자가 되겠군.

## 제9장

부타렐리, 돈 곤살로, 돈 디에고, 센테야스 대위, 두 명의 신사 그리고 아베야네다

아베야네다 오셨군요.

내기는 실행될 겁니다.

**센테야스 대위** 그렇다면 들어가세나. 부타렐리!

**부타렐리** 센테야스 대위님,
여기까지 오셨군요?

**센테야스 대위** 그렇다네, 크리스토파노.
내가 빠진 술잔치가 여기서 벌어진 적이 없잖은가?

**부타렐리** 대위님을 뵌 지
꽤 오래됐네요.

**센테야스 대위** 황제께서 튀니지와
전쟁[7]을 하시는 바람에 그랬지 뭔가.
그러나 재산이 세비야에 있으니
돌아올 수밖에.
그런데 사람들 말로는
내가 때맞춰 왔다더군.
오랜 우정을 새롭게 할 수 있도록 말이야.
허니 즉시
술 몇 병 내오게나.

---

7 (편집자주) 스페인의 카를로스 5세 황제(1500–1558)의 아프리카 전쟁을 의미한다. 그는 1535년 5월 말에 스페인과 이탈리아 해안을 습격하던 터키 해적에 맞서 전쟁을 시작하여 1535년 7월 14일에는 라 골레타 요새를 함락하고 7월 21일에는 튀니지에 입성했다.

목을 축이면서
이야깃거리가 될 일을
말해보게나.

**부타렐리** 그렇게 합죠.
그런데 먼저 술을 가져와야죠.

**여러 사람들** 그럼, 그럼.

## 제10장

부타렐리를 제외한 기존의 인물들

**센테야스 대위** 여러분, 앉읍시다.
그리고 아베야네다는 돈 루이스에 대한
이야기를 계속하게나.

**아베야네다** 거기에 대해서는 더 이상 할말이 없네.
다만 테노리오의 행적이
더 사악할 수 없다고 믿을 뿐이야.
그리고 나는 돈 루이스가 이긴다는 쪽에 돈을 걸겠네.

**센테야스 대위** 아마 질걸세.
돈 후안 테노리오가

지상에서 가장 사악한 두뇌를 가졌다는 것은
세상이 다 아는 일이네.
그 방면에서
그를 능가할 이는
없었다지.
그러니 지게 되면 어떻게 할 텐가?

**아베야네다** 난 메히아가 어떤 짓을 했는지
잘 알고 있어.
그러니 무조건 그에게 승부를 걸겠네.

**센테야스 대위** 그렇다면 이 센테야스 대위는
가진 돈 전부를
돈 후안 테노리오에게 걸겠네.

**아베야네다** 난 내 친한 친구인
돈 루이스에게 걸겠네.

**센테야스 대위** 그에게 대적하는 모든 이들은
모험을 하는 것이네.
왜냐하면 이 땅에는
테노리오 같은 자가 없기 때문이지.
그의 재산은 세상이 다 아는 바이고
그의 꾀는 엄청나다네.

## 제11장

기존의 인물들. 술병을 든 부타렐리

**부타렐리** 여기 팔레르노와 부르고뉴 산,

그리고 소렌토 산 포도주[8]가 왔습니다.

**센테야스 대위** 자네가 주는 것을 마시겠네.

그런데 크리스토파노, 얘기 좀 해보게.

1년 전에 돈 후안 테노리오와

돈 루이스 메히아가

내기를 한 게 확실한가?

**부타렐리** 대위님, 대위님을

의심에서 건져줄 만큼

깊이 알지는 못하지만

제가 아는 것을 말해드리죠.

**여러 사람들** 말하게나, 말해봐.

**부타렐리** 사실 저는

그 둘 사이의 내기가

제 집에서 벌어진 것이긴 했어도

기한이 너무 길었기 때문에

---

8 (편집자주) 팔레르노와 소렌토는 이탈리아 나폴리 지방의 포도주이고 부르고뉴는 프랑스 산 포도주이다.

아무도 그 약속을
지키지 않을 거라고 생각했습죠.
그래서 약속시간이 다가올 때까지도
그 일을 기억하지 못했습죠.
그런데 오늘 오후에,
해가 질 무렵에 말입니다,
한 신사가 여기 들어와서는
편지를 쓸 종이와 필기도구를
요구했답니다. 그러고는
더 이상 신중할 수 없이
글 쓰는 것에 열중했고
그 사이에 저는 그분이 데리고 온
시종과 이야기를 나누었습죠.
그 시종은 저와 동향同鄕으로 제노바[9] 출신이었죠.
맙소사, 녀석은 아주 영악하더군요.
그 시종에게서는 아무것도 알아내지 못했습죠.
그리고 그 주인은 편지를 다 쓰자
누군가에게 편지를 전해주도록
하인을 보냈습니다.

9 이탈리아의 도시.

그 신사분은 제게 제 모국어[10]로 이야기를 했고
돈 루이스의 소식을 물어보셨죠.
그분은 그들 사이의 일을
다 알고 있다고 하셨고
그 둘 중에서 적어도 한 명은
약속을 지킬 거라고
확신하고 있었습니다.
저는 그분에 대해 더 알고 싶었지만
그분은 제 손에 금화 두 냥을 놓고는
시치미를 떼면서
이렇게 말하더군요.
"혹시라도 그 둘이
좀 늦게 올지 모르니
그들을 위해 자네 여관에 있는
최고의 포도주 두 병을 준비하게나."
그러고는 아무 말 없이 가버렸습니다.
그래서 저는 그 금화 두 냥에 맞도록
그분들이 내기를 했던 바로 그곳에
탁자를 가져다 자리를 만들어놨습죠.

---

10 이탈리아어를 뜻한다.

저기 의자 두 개와 잔 두 개와
두 병의 포도주가 있는 탁자를 보십쇼.

**아베야네다** 그렇다면 의심할 여지없이
그는 돈 루이스였네.

**센테야스 대위** 돈 후안이었겠지.

**아베야네다** 자네는 그 얼굴을 보지 못했나?

**부타렐리** 가면으로
얼굴을 가리고 있었습죠!

**센테야스 대위** 하지만 이 사람아,
자네는 그 두 사람을 기억하지 않는가?
얼굴로 사람들이 구별되듯
몸짓으로도 구별할 수 있지 않은가?

**부타렐리** 제가 워낙 눈썰미가 없어서요.
그를 알아볼 수 없었습죠.
하지만 정말로 그렇게 해보려고는 했었어요.
조용하세요!

**아베야네다** 왜 그런가?

**부타렐리** 시계가 8시 종을 치기
시작했거든요.
(종이 울린다.)

**센테야스 대위** 사람들이 들어오는 것 좀 보게.

**아베야네다** 이 희한한 승부에
세비야 전체가 술렁이는군.

(8시를 치는 종소리가 들린다. 많은 사람들이 들어와 조용히 무대에 흩어진다. 마지막 종이 울리자 가면을 쓴 돈 후안이 무대 중앙에 부타렐리가 마련해둔 탁자에 다가가 탁자 앞에 놓인 의자 두 개 중 하나에 앉으려 한다. 그의 뒤를 따라 즉시 돈 루이스도 가면을 쓰고 들어와 다른 의자에 앉는다. 모두가 이들을 바라본다.)

## 제12장

돈 디에고, 돈 곤살로, 돈 후안, 돈 루이스, 부타렐리, 센테야스, 아베야네다, 기사들, 수상쩍은 자들, 가면을 쓴 자들

**아베야네다** (센테야스에게 돈 후안을 가리키며)
저 사람을 보게나, 그들이 온다면
볼 만하겠네.

**센테야스 대위** (아베야네다에게 돈 루이스를 가리키며)
저기 또다른 자가 다른 의자에 앉으려 하는군.
이런, 이제 일이 벌어지겠어!

**돈 후안** (돈 루이스에게)

이보게나,

그 의자는 벌써 내가 지불한 자리일세.

**돈 루이스** (돈 후안에게)

여보게, 내 말이 그 말일세.

친구 하나를 위해

그 자리는 내가 맡아놓은 거라네.

**돈 후안** 이 자리가 내 것이라는 것을 가르쳐줘야겠군.

**돈 루이스** 나 역시도 이 자리가 내 것임을 가르쳐주겠네.

**돈 후안** 그렇다면 자네가 돈 루이스겠군.

**돈 루이스** 그럼, 그대는 돈 후안이겠지.

**돈 후안** 그럴 수도 있겠지.

**돈 루이스** 말 한번 잘했네.

**돈 후안** 믿지 못하겠나?

**돈 루이스** 그렇다네.

**돈 후안** 나 역시 마찬가지야.

**돈 루이스** 그렇다면 쓸데없는 소리는 하지 말자고.

**돈 후안** 내가 돈 후안이네.

(가면을 벗는다.)

**돈 루이스** 난 돈 루이스네. (역시 가면을 벗는다.)

(그들은 정체를 밝히고 자리에 앉는다. 센테야스 대위와 아베야네다, 부타렐리, 그리고 다른 몇몇 사람들은 그들에게로

가서 인사하고 포옹하고 악수하거나 그 비슷한 우정과 애정의 표현을 나눈다. 돈 후안과 돈 루이스는 그들을 정중하게 맞이한다.)

**센테야스 대위** 돈 후안!

**아베야네다** 돈 루이스!

**돈 후안** 여러분!

**돈 루이스** 오, 친구들! 이게 웬 행운인가?

**아베야네다** 그대들의 내기에 대해 알고 있었기에
만나려고 왔다네.

**돈 루이스** 돈 후안과 나는 그러한 친절에 대해
자네들에게 깊이 감사하네.

**돈 후안** 돈 루이스, 시간을 헛되이 쓰지 말자고.
(다른 이들에게) 의자들을 가까이 하시오.
(멀리있는 이들에게)
신사 여러분, 나는 여러분들도
우리들이 한 내기 때문에
이곳에 와 있다고 생각합니다.
나로 말할 것 같으면
그런 간절한 마음에 반대하지 않습니다.

**돈 루이스** 나 역시 그렇습니다.
비록 그것이 우리 둘이 풀어야 할 숙제 이상은 아

니었지만
그에 대해 감히 부끄러워하지 않는다고
말할 수 있습니다.

**돈 후안** 나도 마찬가집니다.
내가 위선자가 아니라는 것은
세상이 다 증언하는 바입니다.
왜냐하면 내가 가는 곳마다
추문이 나를 따라다녔기 때문입니다.

**돈 루이스** 이런! 저 두 사람은
듣지를 않는군. 여기들 보시오.
(돈 디에고와 돈 곤살로를 가리키며)

**돈 디에고** 난 괜찮소이다.

**돈 루이스** 당신은요?

**돈 곤살로** 나 역시 여기서도 잘 들립니다.

**돈 루이스** 저들이 듣기 싫어한다면 이유가 있어서겠지.
(모든 이들이 돈 루이스 메히아와 돈 후안 테노리오가 있는 탁자 주변에 앉는다.)

**돈 후안** 준비 됐는가?

**돈 루이스** 그렇다네.

**돈 후안** 우리가 늘 그래왔듯 약속을 지키세나.

**돈 루이스** 그럼, 우리들이 한 일들을 보도록 하지.

돈 후안 먼저 한잔하세.

돈 루이스 그러세나. (그들은 술을 마신다.)

돈 후안 우리들의 내기는…….

돈 루이스 어느날 내가 스페인 전체에서
루이스 메히아가 하는 것은
그 누구도 흉내낼 수 없으리라고
말했던 것이 시작이었지.

돈 후안 그리고 내 생각은
자네 생각과 달랐기 때문에
"돈 후안이 하는 짓은 그 누구도
흉내내지 못하리라"고 말했었지.
그렇지 않은가?

돈 루이스 물론 그렇지.
그래서 우리 둘 중 누가 더
악당인가 내기까지 하게 되었지.
1년 안에 누구에게 더 행운이 따르는지 말이야.
그리고 오늘 여기에
그걸 알아보기 위해 모인 거라네.

돈 후안 그래서 내가 여기 있는 거고.

돈 루이스 나 역시 그렇지.

센테야스 대위 맙소사!

참으로 기이한 집념이로군!

**돈 후안** 그럼, 말하게.

**돈 루이스** 아냐, 자네가 먼저 해야지.

**돈 후안** 이러나저러나 마찬가지니, 그걸 원한다면
지체하지 않겠네.
그렇다면, 이보게,
난 내 모험을 더 넓은 곳에서 펼치기 위해
이곳에서 이탈리아로 갔네.
그곳 왕궁은
쾌락이 있는 곳이기 때문이지.
우리 황제께서는 옛날부터 사랑과 전쟁의
고전적 지역인 그곳에서
이탈리아와 또 프랑스와 전쟁[11]을 하셨지.
나는 스스로에게 말했어. "어디가 좋을까?
군인과 유희가 있는 곳에는
결투와 연애행각이 있으리라"고 말이야.
그래서 이탈리아로 쳐들어갔네.

11 (편집자주) 스페인은 프랑스와 1521년에서 1547년 사이에 세 차례의 전쟁을 치르는데 1547년의 전쟁에서는 프랑스와 프란시스코 1세가 전사한다. 이런 전쟁의 대부분은 이탈리아에서 일어났는데 1525년 파비아 전투에서의 승리는 유명하다. 이 승리로 인해 스페인은 밀라노와 나폴리를 점령하면서 이탈리아를 지배하게 되었다.

인정사정없이
사랑과 결투를 찾아서 말이야.
내기에 성실하려고 로마에서는
내 집 문에 "그에게 볼 일 있는 자를 위해
여기 돈 후안 테노리오가 있노라"라는
적대적이면서도 애욕이 깃든
결투장[12]도 붙여놓았지.
그때 이야기는
생략하기로 하겠네.
그곳에 남겨둔 추억을
말하면 그대는 내 말만으로도
내 영광에 대해 판단할 수 있을걸세.
로마 여인들은 변덕스럽고
그 풍속은 자유분방한데,
나는 방탕하고 늠름한 청년이니
누가 나의 애정행각을
셀 수 있단 말인가?
그대가 상상할 수 있듯이
그러다가 마침내 나는 로마를 떠났네.

---

12 15, 16세기의 편력 기사들은 이런 식의 결투장을 남발하고 다녔다.

아주 형편없는 변장을 하고
비루먹은 말 등에 앉아서 말일세.
나를 교수형에 처하려고 했기 때문이었지.
그 뒤에 난 스페인 군대에 들어갔고
내 동족인 그들은 외국에서 군인으로 있었는데
대여섯 번 전투를 치른 후에
난 군대를 떠났지.
풍성한 사랑의 정원인 나폴리는
환희의 중심부인데 나는 그곳에
다음과 같은 두 번째 결투장을 써놓았지
"여기 돈 후안 테노리오가 있노니
그처럼 사내다운 남자는 없노라.
고결한 공주님부터
남루한 배에서 고기 잡는 어부 아가씨에 이르기까지
내가 받아들이지 않는 여인은 아무도 없도다.
만일 보상만 제대로 해준다면,
어떤 제안이라도 받아들이겠노라.
싸우기를 원하는 자들은 그를 찾을 것이요,
노름꾼들은 그에게 가까이 올 것이며,
그보다 앞선다고 생각하는 자는
놀음과 결투와 사랑에 있어서

그보다 더 나은 자 있는지 와서 보도록 하라."
이렇게 써놓았었네. 그리고 반 년 동안 머물며
나폴리를 만끽했는데
내가 개입하지 않은
특이한 싸움이라든가
스캔들이나 사기행각은 없었다네.
나는 가는 곳마다
이성을 짓밟고,
미덕을 비웃고,
정의를 조롱하고,
여인들을 속였지.
마구간으로 내려간 적도 있었고,
왕궁으로 올라간 적도 있었고,
수녀원 담을 넘기도 했는데
그 모든 곳에다 나는
나에 대한 쓰디쓴 기억을 남겨놓았다네.
나는 거룩한 곳도 인정하지 않았고
위험도 마다하지 않았는데
내 대담함이 존중하는 장소도 없었지.
내 대담함은 속인과 성직자를
구별하지도 않았다네.

내가 원하는 자를 자극했고
원하는 자와 결투를 했는데
내가 죽인 자가
나를 죽일 수 있으리라고는
단 한 번도 생각하지 않았었지.
돈 후안은 이러한 일들을 감행했고
그가 거둔 결실들은
이 종이에 씌어 있다네.
그리고 돈 후안이 여기에 쓴 것은
그가 보증하는 바일세.

**돈 루이스** 그렇다면, 읽어보시게.

**돈 후안** 아닐세. 먼저
자네의 대단한 호방함에 대해 듣도록 하지.
그리고 자네가 명백한 증거 서류를
가지고 왔다면
서로의 서류들을 비교하도록 하자고.

**돈 루이스** 말 한번 잘했네. 그것은
돈 후안이 내 상대가 되기 위해 필요한 것이지.
내 생각에는
얼마 못 갈 것이지만 말이야.

**돈 후안** 그럼, 시작하게.

**돈 루이스** 그럼세.

자네처럼 나도 힘껏
큰 건수를 찾아다니면서
“사랑과 결투를 찾아
플랑드르 지방으로 가는 것보다
더 나은 곳이 있을까?
플랑드르 지방에는
격렬한 전쟁이 있으니 내 바람대로
싸움과 여자들을 구슬리는
최상의 기회들이 다른 곳보다
백배는 더 많을 것이다”라고 말했네.
그러나 플랑드르지방에서
너무도 암울한 운명과 마주쳤는데
그곳으로 가자
동전 한푼 남김없이
내 자금을 몽땅 잃어버린 것일세.
돈이 거덜나자
사람들은 나를 보고
도망을 쳤다네.
그러나 나는 도적떼를 찾아나서
그들과 합류했지.

대단했어, 우린 끝내주게 일을 했다네.
운도 대단히 좋아서
계속 일이 잘 되었고
주교가 거주하는
간테[13]궁을 약탈하기에 이르렀지.
얼마나 멋진 밤이었던지!
성탄절을 기념하기 위해 훌륭한 주교께서
합창단을 주재하러 내려오셨는데
그 보물을 생각하면
지금도 나는 기쁨으로 경련을 일으킨다네.
모든 것이 우리들의 권력 밑에 들어왔었네.
그러나 욕심 많은 두목이
내 몫을 빼앗았기에
우리는 결투를 했는데 내가 더 운이 좋아
아무 생각 없이 그의 얼굴에 칼자국을 내버렸지.
사람들은 즉시 내가 가장 용감하다면서
나를 대장으로 모셨네.
난 그들에게 사심없는 우정을 약속했지.
그러나 다음날 밤에

13 벨기에에 있는 도시.

난 도망쳤네, 돈 한푼 안 남겨놓고 말이야.
도둑놈의 것을 빼앗은 자는
100년 동안 사과한다는
격언을 기억했지만
난 그런 과도한 행동에 몸을 던졌어.
내가 살아 있는 것을 보면서 말이야.
나는 큰 부자가 되어 독일로 갔네.
그러나 아주 재능이 많았던
성 헤로니모 교단의 시방 사제 하나가
날 알아보고는 즉시 투서를 보내
내 정체를 폭로했지 뭔가.
그래서 난 돈으로 자유와
서류를 샀는데
어느 호젓한 길에서
그 사제를 만나게 되자
어김없이 그에게 총알 한 방을
선사해주었지.
그리고 프랑스로 튀었는데, 좋은 나라였어!
그대가 나폴리에서 한 것처럼
나도 파리에서 다음과 같은 결투장을 써 붙였네.
"여기에 적어도 두 사람 몫은 하는

돈 루이스란 이가 있노라.
몇 달 동안 여기 머물 것인데
프랑스 여인들을 숭배하고
프랑스 사내들과 결투하는 것 이외에는
계획도 관심도 없노라."
파리에 머문
반 년 동안
내가 개입하지 않은
특이한 싸움이라든가
스캔들이나 사기는 없었다네.
그러나 돈 후안의 경우처럼
내 이야기를 길게 끌고 가는 것은 사양하겠네.
내 영광을 위해서는
저기에 내 결투장과 함께 둔
대단한 자료만으로 충분할 거야.
그대처럼 나도 가는 곳마다
이성을 짓밟고,
미덕을 비웃고,
정의를 조롱하고,
여인들을 속였지.
난 재산을 세 번이나

잃었지만 그것을
회복할 것 같은 생각이 드네.
도냐 아나 데 판토하와의
약속된 결혼이
나를 기다리고 있다네.
돈이 대단히 많은 여인인데
내일 나는 이미 해놓은
결혼 약속을 지켜야 하지.
이런 말을 하는 것은 혹시 돈 후안 자네가
참석하고 싶어할지도 모르기 때문이네.
돈 루이스는 이런 일을 감행했는데
이 종이에 그가 이룬 것이
적혀 있네.
그리고 돈 루이스가 여기에 쓴 것은
그가 보증하는 바일세.

**돈 후안** 이야기가 너무도 유사하여
비교해도 비슷하군.
하나 중요한 것을 짚어보도록 하지.
서류가 도달한 숫자 말일세.
먼저 해보시게나.

**돈 루이스** 참으로 옳은 말일세.

여기 내 증서가 있네. 여기 보게.
최대한 정확을 기하기 위해
하나의 줄에 별개로
이름을 써놓았네.

**돈 후안** 나도 같은 방법으로
내 서류를 정리했네.
띄어진 두 줄에
결투에서 죽은 이들과
농락당한 여인들의 이름이 있네.
세어보게.

**돈 루이스** 자네도 세어보게.

**돈 후안** 23명이군.

**돈 루이스** 죽은 사람 숫자라네. 어디 자네 것을 볼까.
맙소사!
전부 32명이로군.

**돈 후안** 죽은 사람 숫자지.

**돈 루이스** 죽은 이는…….

**돈 후안** 내가 9명이 더 많군.

**돈 루이스** 자네가 이겼네.
이제 정복한 여자들을 보세나.

**돈 후안** 여긴 총 56명이로군.

돈 루이스　자네 명단에는
총 72명이야.
돈 후안　그렇다면 자네가 졌군.
돈 루이스　믿을 수 없네, 돈 후안!
돈 후안　자네가 그걸 의심할까봐,
그쪽에 증인들 이름을 써두었네.
그들에게 물어본다면
자네에게 증언해줄걸세.
돈 루이스　오! 자네의 명단은 완벽하군.
돈 후안　왕녀에서부터
어부의 딸까지 아우른다네.
오! 내 사랑은
모든 사회계층을 섭렵했지!
흠잡을 것이 있는가?
돈 루이스　단 한 가지가 부족하군.
돈 후안　내게 가르쳐줄 수 있겠나?
돈 루이스　물론이네. 곧 성직에 귀의할
예비수녀가 빠졌네.
돈 후안　홍! 그렇다면 자네를 두 배로
기쁘게 해주지. 왜 그런고 하니
예비수녀에다가 곧 결혼할

어느 친구의 약혼녀를 더해주겠네.

**돈 루이스** 너무도 무모하군!

**돈 후안** 원한다면 그걸로 내기를 하지.

**돈 루이스** 그 시합을 받아들이겠네.
패배를 인정하는 데
20일이면 되겠는가?

**돈 후안** 6일이면 충분하네.

**돈 루이스** 맙소사, 자네는 이상한 자로군.
여인들을 사랑하는 데
며칠이 걸리는가?

**돈 후안** 그 목록에 있는 여인들 숫자로
1년을 나누어보게나.[14]
여인들을 유혹하는 데 하루,
그녀들을 손에 넣는 데 또 하루,
버리는 데 하루,
교체하는 데는 이틀,
그리고 잊는 데는 1시간이 걸린다네.
그러나 사실대로 말하자면
더 이상을 요구하는 건 마음에 들지 않네.

---

14 돈 후안이 농락한 여인은 72명이었는데, 1년 365일을 72명으로 나누면 한 여인을 유혹하는 데 5~6일이 걸렸다는 결론이 나온다.

왜냐하면 자네는 결혼할 것이고
난 내일 자네에게서
도냐 아나 데 판토하를
빼앗을 생각이라네.

돈 루이스 돈 후안, 무슨 말을 하는 건가?

돈 후안 돈 루이스, 자네가 들은 대로야.

돈 루이스 이보게 돈 후안, 자네가 하려는 것은…….

돈 후안 그렇게 될 걸세, 돈 루이스.

돈 루이스 가스톤.

가스톤 네, 나리.

돈 루이스 이리 와라.

(돈 루이스는 가스톤과 은밀하게 이야기를 한다. 이후 가스톤은 황급히 떠난다.)

돈 후안 시우티.

시우티 네, 나리.

돈 후안 이리 오너라.

(돈 후안은 시우티와 은밀하게 이야기를 나눈다. 이후 시우티는 황급히 떠난다.)

돈 루이스 내기를 받아들이겠는가?

돈 후안 그렇네.

돈 루이스 목숨을 거는 것이네.

**돈 후안** 그러지.

(지금껏 꼼짝 않고 있던 자리에서 돈 곤살로가 일어나 돈 후안과 돈 루이스에게로 와서 이들과 마주 선다.)

**돈 곤살로** 이런 망나니들 같으니라고!
내가 늙어서 손이 떨리지만 않는다면
너희 두 놈을 도둑놈 패듯이
몽둥이로 패 죽일 것이다.

**돈 후안**
**돈 루이스** } 그건 두고 봐야죠.

**돈 곤살로** 너무 많이 살아
늙은 탓에
이토록 견딜 수 없는 자리에
체면을 구기면서까지 있게 되었구나.

**돈 후안** 그럼, 가시죠.

**돈 곤살로** 돈 후안, 내가 이곳을
떠나기 전에
너에게 하는 말을
들을 필요가 있을 것이다.
네 훌륭한 부친인 돈 디에고는
네 문제들을 해결하고
네 결혼을 언약하여

곧 결혼식을 거행할 참이었다.
그러나 나는 직접
네가 어떤 사람인지 보고 싶어
해질 무렵 이곳에 도착했는데
너를 본 것이 부끄럽구나.

돈 후안　이 노인네가 제정신이 아니네.
내가 왜 당신을 두들겨 패지 않고
잠자코 당신 말을 들었는지
모르겠군!
하지만 빨리 정체를 밝히시오.
당신이 가지고 있을 영혼과 함께
그 가면을 벗겨버릴
능력이 내게 있으니.

돈 곤살로　돈 후안!

돈 후안　어서요!

돈 곤살로　그렇다면 보아라.

돈 후안　돈 곤살로!

돈 곤살로　바로 보았다.
그럼, 잘 있어라. 돈 후안. 그러나 오늘부터
도냐 이네스는 생각지도 마라.
너와의 결혼을 승낙하느니

내 손으로 무덤을 만들어
딸애를 죽이는 게 나을 테니까 말이다.
하느님께 맹세한다!

**돈 후안** 웃기는군요. 돈 곤살로.
나를 화나게 하는 것은
신통치 않은 몽둥이로
사자를 협박하러 가는 것과 같은 꼴입니다.
아직 시간이 있으니,
그녀를 내게 달라고
당신에게 청하고 싶습니다.
그렇지 않으면 맹세코 나는
당신에게서 그녀를 취할 것입니다.

**돈 곤살로** 비열한 놈 같으니!

**돈 후안** 그렇습니다.
그녀와 같은 여인만이
내 내기에 필요합니다.
그녀를 걸고 내기한 것을 보지 않았습니까?

(돈 디에고, 지금까지 숨어서 앉아 있던 탁자에서 일어나 무대의 중심으로 내려와 돈 후안과 대면한다.)

**돈 디에고** 천박한 돈 후안, 더 이상 네 말을 들어줄 수가 없구나.

너를 파멸시킬 준비가 돼 있는
어떤 빛이 하늘에 없는지
염려가 되는구나.
아! ……너에 대한 사람들의 소문을
믿을 수 없어
그들이 거짓말을 하는 거라 믿으며
이 밤에 너를 보러왔거늘.
그러나 사악한 놈아, 네게 맹세하노니
차라리 모르고 있었을 것을
알려 온 것이
후회스러울 뿐이다.
그럼, 그 맹목적인 열정으로
너의 어리석은 광포함을 계속해나가거라.
그러나 다시는 내게 돌아오지 마라.
이제 나는 너를 모른다, 돈 후안.

**돈 후안** 누구더러 돌아오지 말라는 것이오?
또 누가 감히 내게 이런 식으로 말하며
당신이 나를 알고 모르는 것이
나와 무슨 상관이 있단 말이오?

**돈 디에고** 그럼, 잘 있어라. 그러나 절대로 잊지 말아야 할 것은 공의公義로운 하느님이 계시다는 것이다.

돈 후안 멈추시오. (그를 붙잡으며)

돈 디에고 뭘 원하는가?

돈 후안 당신이 누군지 보고 싶소.

돈 디에고 절대로 그럴 수 없다. 쓸데없는 걸 요구하지 마라.

돈 후안 절대로?

돈 디에고 절대로.

돈 후안 내가 원해도.

돈 디에고 뭐라고?

돈 후안 이렇게 말이오. (그의 가면을 벗긴다.)

모든 이들 돈 후안!

돈 디에고 상스러운 놈!

내 얼굴에 손을 대다니![15]

돈 후안 맙소사, 아버지!

돈 디에고 거짓말 마라, 난 네 아비가 아니다!

돈 후안 고정하세요, 제발!

돈 디에고 아니다, 너 같은 놈은

사탄의 자식이다.

기사단장, 우리가 논의했던 것은

---

15 (편집자주) 귀족의 얼굴에 손을 대는 일, 더욱이 아버지의 얼굴에 손을 대는 일은 매우 불경스럽고 건방진 일로 여겨졌다.

없었던 걸로 합시다.

돈 곤살로 이미 내 쪽에서도 그렇소이다.
갑시다.

돈 디에고 그럽시다. 저런 괴물을 보지 않도록
여길 떠납시다.
돈 후안, 나는 고통스럽게도
악의 팔에 있는 너를 포기한다.
네가 나를 죽이는구나……. 그러나 나는
하느님의 성스러운 판단에 너를 맡기겠다.

(돈 디에고와 돈 곤살로는 천천히 떠난다.)

돈 후안 내 기한은 아주 깁니다.
절대로 당신들에게 나를 용서해달라고
부탁하러 가지 않을 것임을
밝혀두고 싶습니다.
그러니 앞으로도
내 일에 관여하지 마십시오.
돈 후안은 지금까지 살아온 대로
늘 그렇게 살 것입니다.

## 제13장

돈 후안, 돈 루이스, 센테야스 대위, 아베야네다, 부타렐리,
수상쩍은 자들, 가면을 쓴 자들

**돈 후안** 그만, 이제 이 복잡함에서 좀 벗어나세나.
그런 잔소리는 이상하게 생각할 거 없네.
그런 건 가족간의 대화이고
난 그런 것에 한번도 신경써본 적이 없거든.
그러니, 돈 루이스,
도냐 아나와 도냐 이네스에
내기를 건 거네.

**돈 루이스** 목숨을 건 내기네.

**돈 후안** 자네가 말한 대로야. 가세.

**돈 루이스** 가세.

(이들이 떠날 때 순찰대가 나타나, 이들을 붙잡는다.)

## 제14장

기존의 인물들, 경찰의 순찰대

**경찰** 거기, 서시오!

당신이 돈 후안 테노리오입니까?

**돈 후안** 그렇소.

**경찰** 체포하겠소.

**돈 후안** 내가 꿈을 꾸고 있나?

이유가 뭐요?

**경찰** 나중에 알게 될 거요.

**돈 루이스** (돈 후안에게 다가가 웃으면서)

테노리오, 이상하게 생각하지 말게.

왜냐하면 내기를 생각해서

내 하인이 그대를 고발했네.

자네가 이기지 못하도록 말이야.

**돈 후안** 그랬군! 자네가 그렇게까지

똑똑한지는 미처 몰랐네. 제기랄!

**돈 루이스** 그럼, 가시게. 돈 후안,

이번 내기는 내가 이겼네.

**돈 후안** 그럼, 가세.

(나갈 때, 무대로 들어온 다른 순찰대가 그들을 저지한다.)

## 제15장

기존의 인물들, 순찰대

| | |
|---|---|
| **경찰** | (들어와서는) 거기 서시오.<br>당신이 돈 루이스 메히아입니까? |
| **돈 루이스** | 그렇소. |
| **경찰** | 체포하겠소. |
| **돈 루이스** | 내가 꿈을 꾸는 건가?<br>체포된다고? |
| **돈 후안** | (너털웃음을 웃으면서)<br>하, 하, 하, 하!<br>메히아, 이상하게 생각하지 마시게.<br>왜냐하면 내기를 생각해서<br>내 하인이 그대를 고발했네.<br>자네가 나를 방해하지 못하도록 말이야. |
| **돈 루이스** | 우리 둘 다 죽더라도<br>난 만족하겠네. |
| **돈 후안** | 두고 보세.<br>그러므로 여러분, 내기는<br>계속되고 있는 겁니다.<br>(순찰대들은 돈 후안과 돈 루이스를 데려간다. 많은 이들이 |

그들을 쫓아간다. 센테야스 대위와 아베야네다, 그리고 그들의 친구들은 서로를 쳐다보며 무대에 남아있다.)

## 제16장

센테야스 대위, 아베야네다

**아베야네다** 대단한 내기로군!

**센테야스** 보지 않았다면 믿지 못할 거야!

**아베야네다** 난 메히아에게 걸겠네.

**센테야스** 난 테노리오에게 걸겠네.

# 제2막

## 훌륭한 솜씨

**등장인물**

돈 후안 테노리오
돈 루이스 메히아
도냐 아나 데 판토하
시우티
파스쿠알
루시아
브리히다

돈 후안을 위해 일하는 가면 쓴 세 사람. 무대 구석에는 도냐 아나의 집 외부가 보인다. 각을 이루는 두 벽은 양쪽으로 똑같이 뻗어 있는데 오른쪽 벽에는 철책이 보이고 왼쪽 벽에는 철책과 문이 보인다.

## 제1장

위장을 한 돈 루이스 메히아

**돈 루이스** 이제 내가 도냐 아나의 집 문 앞에 있으니
오늘 밤 세비야에서
무슨 일이 일어나는지만
알면 되겠군.
운 좋게도, 아무하고도 마주치지 않았으니…….

아, 조바심이 나는군!
지금쯤 돈 후안은,
자기 복대로 살고 있겠지.
만일 명예와 목숨을 건다면,
내 솜씨와 배짱이
내 목숨과 명예에
어울릴 것이다……. 그런데 누가 오는군.

## 제2장

돈 루이스, 파스쿠알

**파스쿠알** 누가 이런 일을 믿겠는가!
주여, 이게 웬 소동이란 말입니까! 체포라니!

**돈 루이스** 이게 누구야! 파스쿠알인가?

**파스쿠알** 뇌에서 불꽃이 튀는군.

**돈 루이스** 파스쿠알?

**파스쿠알** 누가 나를 이렇게 급히 부르지?

**돈 루이스** 나야, 돈 루이스.

**파스쿠알** 맙소사!

**돈 루이스** 왜 놀라는가?

| | |
|---|---|
| **파스쿠알** | 나리이기 때문이지요. |
| **돈 루이스** | 내 사정은 이렇다네, 파스쿠알.<br>내가 내가 아니고<br>지금 자네를 만나지 못했다면<br>내 여인인 도냐 아나의 명예는<br>오늘 사라질 것이네. |
| **파스쿠알** | 무슨 말을 하시는 겁니까? |
| **돈 루이스** | 돈 후안을 아는가? |
| **파스쿠알** | 네.<br>여기서 누가 그를 모르겠습니까?<br>그러나 사람들 말로는<br>나리와 그분 모두 체포됐다던데요.<br>이런, 속된 놈이 거짓말을 한 것이었군! |
| **돈 루이스** | 그자는 제대로 말한 것이네.<br>파스쿠알, 하느님께 맹세코,<br>왕실 재무관인<br>내 사촌이<br>보증을 서주지 않았다면<br>나는 내가 가장 아끼는 것을 잃을걸세. |
| **파스쿠알** | 어떻게요? |
| **돈 루이스** | 자네는 나를 도와줄 텐가? |

**파스쿠알** 목숨을 걸고 그렇게 합죠.

**돈 루이스** 그럼 잘 듣게.
돈 후안과 나는
너무도 위험한
내기에 빠져 있네.
그러나 자네가 나를 도와준다면
내 생명 이상을 구해주는 거라네.

**파스쿠알** 무엇을 해야 하는지는 알아야죠.

**돈 루이스** 예전에 우리는 아주 유명한
미친 짓거리를 했었는데,
그것은 둘 중 누가 행운을 가지고
악행을 저지르는가 하는 내기였네.
우린 둘 다 서로를 이기려고
용감하게 행동했네.
그러나 녀석은 사탄일세.
그래서 결국 나를 이겼지.
나는 녀석에게 내가 모르는 뭔가를 내기했고,
그것에 대해 우리는 얘기했었지.
사실인즉 그가 거만하게 나를 조롱하며
내게 이렇게 말했어.
"그대가 도냐 아나와 결혼하기로 했다면,

나는 내일 그대에게서
그녀를 빼앗는다는 데 내기를 걸겠노라."

**파스쿠알** 그녀는 착한 여인이죠!
어떻게 그가 감히 그렇게 말할 수 있어요?

**돈 루이스** 파스쿠알, 그걸 말한 것이 나쁘다는 게 아니라
그자가 하려는 짓이
성공할지 모른다는 게 문제일세.

**파스쿠알** 성공할지 모른다고요?
제가 이곳에 있는 한
마음 놓으세요, 돈 루이스.

**돈 루이스** 자네에게 맹세코
이 승부에서 이기지 못하면
나는 어떻게 될지 모르겠네.

**파스쿠알** 오, 필라르 성녀님![1]
그가 두려우세요?

**돈 루이스** 아니, 하느님께 맹세코 그렇지는 않아!
그러나 그자 안에는
마귀 같은 것이 있어.

**파스쿠알** 걱정하지 마세요.

---

1 필라스 성녀(聖女)는 스페인 아라곤 지방 출신인데 파스쿠알이 이 지방 출신이기에 그녀에게 호소하는 것이다.

**돈 루이스** 오! 그게 내가 열망하는 바일세.
그토록 대담한 자에 대해서는
나 자신도 믿을 수 없거든.

**파스쿠알** 히네스 성자를 두고 나리께 맹세합니다만,
어느 아라곤 출신[2]이 결단코
아주 대담하게
그자의 코를 꺾어놓을 것입니다.
어디 보도록 하죠.

**돈 루이스** 아, 파스쿠알!
자네는 상황이 어떤지 알지 못하는군!

**파스쿠알** 더 심각한 문제에 처했다가도
큰 일을 겪지 않고 빠져나온 적도 있어요.

**돈 루이스** 이건 사람의 역량이 중요한
시간을 다투는 문제야.

**파스쿠알** 훌륭한 아라곤 사람보다
테노리오가 뛰어날 수 없지요.
입이 험한
칼잡이들은 모두가
겉모습뿐

---

2 파스쿠알 자신을 의미한다. 아라곤은 스페인 중북부 지방.

힘도 별로 없는 이들입니다요.
그들은 여인들의 명예를 손상시키기 위한
혀를 가지고 있고
노인들이나 상대하거나
상인들을 때리기 위한
손을 가지고 있지요.
그러나 굳센 팔이
뛰어난 칼을 사용하며
그들을 죽음으로 초대할 때
그들의 모든 용기는 무용지물이 되지요.
그들의 계획과 소동 모두는
여인들을 험담하고
순찰대가 오기 전에 도망가는 것이라고
말할 수 있답니다.

**돈 루이스** 파스쿠알!

**파스쿠알** 나리를 두고 한 말은 아닙니다.
나리께서는 탕자이긴 하지만
매우 훌륭한 영혼을 소유하셨고
싸움도 잘하시지요, 맹세합니다.

**돈 루이스** 만일 내 안에 있는 용기가
그토록 유명하다면, 파스쿠알,

테노리오 집안의 용기는
세상에 정평이 나 있다는 걸 알아두게나.
그리고 내가 그 최고의 용기에 대해
잘 알기 때문에
지상에서 내 명예와 부딪치는
그 획책들이 두렵다네.

**파스쿠알** 그렇다면 이제 마음을 좀 놓으세요, 돈 루이스.
걱정이라는 악이
나리를 그토록 몰아세우는 이상
그의 간계에는 간계로 대비를 해야죠.
왜 그렇게 그를 두려워 하세요?

**돈 루이스** 나도 모르겠네.
그러나 오늘 밤에
그가 그 일을 하러
올 것 같구먼.

**파스쿠알** 꿈을 꾸시는군요.

**돈 루이스** 왜?

**파스쿠알** 그는 체포되지 않았나요?

**돈 루이스** 그렇긴 하지.
하지만 나도 체포됐었어.
하지만 어느 사람이 보증을 서주었다네.

파스쿠알	그러나 누가 그의 보증을 서겠습니까?

돈 루이스	결국은 한 가지만이
안심할 수 있는 방법이야.

파스쿠알	뭔데요?

돈 루이스	그건, 파스쿠알, 내가 오늘 밤
이 집 안에서 머무는 거야.

파스쿠알	그건 도냐 아나의
명예를 훼손시키시는 겁니다.

돈 루이스	제기랄!
내일 그녀의 남편은 내가 될 것 아닌가?

파스쿠알	하지만, 나리, 제가 나리를
도울 거라고 말씀드리지 않았습니까?

돈 루이스	그랬지. 말다툼에서 벗어나는 것에는 그러하네.
하지만 교묘한 계략으로부터는 아니야.
결국 나는 밤에 집 안으로 들어가든지
거리에 있든지 할걸세.
비록 경찰이 날 발견해도 말일세.

파스쿠알	돈 루이스님, 그건 지나친 고집입니다.
그리고 나리께 그 고집을 그만두라고
권하고 싶네요.
일은 잘될 겁니다.

돈 루이스　　그럴 수 없네, 파스쿠알.

파스쿠알　　돈 루이스!

돈 루이스　　그럴 수 없다고 했네.

파스쿠알　　하느님, 맙소사! 이런 열망이 또 있을까?

돈 루이스　　자네 내키는 대로 말하게.
그러나 나는 돈 후안보다 더
여인들을 믿지 못하네.
그리고 일은 극단적인
두 미친놈들에 의해 착수되었네.
대담한 미친놈이
마음이 불안한 미친놈에 비해 유리할 것이네.

파스쿠알　　제 말씀을 잘 들어보세요.
왜냐하면 저는 도냐 아나가 태어날 때부터
그녀를 모셔왔고 내일 나리께서는
그녀의 남편이 되실 것이기 때문이죠, 돈 루이스.

돈 루이스　　파스쿠알, 그 시간은 다가왔고
남편이 될 권리는 내게 있네.
난 그녀의 남편이 되는 방법을 알고 있고
그녀로 하여금 만족스러운 결혼이 되도록 할 거네.
그러나 그러는 동안에…….

파스쿠알　　더 이상 말하지 마십쇼.

저는 어렸을 때부터 나리와 아가씨를 알아왔고
애정이 뭔지도 아니까요.
바라바의 생명[3]을 위하여!
잘 들으세요. 제 방은 두 사람이 있기에
충분합니다. 그러니 거기 계세요.
그러나 조용히 계신다고
약속해주셔야 합니다.

**돈 루이스** 약속하지.

**파스쿠알** 그럼 내일까지
둘이서 함께 경계하며
밤을 세우면 될 겁니다.

**돈 루이스** 그리고 도냐 아나도 안전할 테지.

**파스쿠알** 그렇겠죠.

**돈 루이스** 그럼 가세나.

**파스쿠알** 잠깐만요. 뭘 하시게요?

**돈 루이스** 들어가려고.

**파스쿠알** 벌써요?

**돈 루이스** 녀석이 무슨 짓을 할지 누가 알겠나?

**파스쿠알** 안절부절못하시는 마음을

---

3 예수님 대신 바라바를 사면할 것을 요구한 유대인들의 일화를 암시하는 것으로 돈 루이스의 말에 설득당하여 결심을 한 파스쿠알의 심리 상태를 대변해 준다.

진정시키세요. 제 주인어른인
돈 힐 데 판토하님께서
방으로 들어가시기 전에는 그럴 수 없어요.
잠자코 계세요.

**돈 루이스** 맙소사!

**파스쿠알** 그만하세요! 한번만
그 사랑을 휴전하세요.

**돈 루이스** 그럼 그분께서는
보통 몇 시에 잠자리에 드시는가?

**파스쿠알** 10시예요.
이 좁은 길에
철책이 있는데 거기서
10시에 저를 부르세요.
제가 있는 동안에는 마음 놓으시고요.

**돈 루이스** 알았네.

**파스쿠알** 그럼, 돈 루이스, 나중에 뵙죠.

**돈 루이스** 잘 가게, 파스쿠알, 나중에 보세.

## 제3장

돈 루이스

**돈 루이스** 이렇게 불안하기는 처음이군.
오늘 밤이 내게는
치명적인 시간 같아…….
내 곤고한 영혼이
어떤 공허한 예감,
어떤 재앙을 두려워하는지 모르겠군.
내가 도냐 아나를 이토록 사랑하는 줄은
꿈에도 몰랐어!
그녀에게서 다른 그 어느 여인에게서도
느끼지 못했던 것을 느끼는 줄도!
오! 돈 후안의 용기가 아니라
그의 행운이 나를 겁나게 하는 건
확실하구나.
그가 하는 짓은
사탄이 보호해주는 것 같아.
아냐, 아냐. 녀석은 악마 같은 놈이야.
나를 위해서라도 여기 있어야 돼.
내가 이곳을 떠나면

파스쿠알이 있더라도
나를 농락하게 될 거야.
그리고 비록 사람들이 나를 어리석다고 해도
들어가고 싶구나. 돈 후안에 대한 경계를
소홀히 해선 안 되지.
(창문을 두드린다.)

## 제4장

돈 루이스, 도냐 아나

**도냐 아나** 누구시죠?
**돈 루이스** 파스쿠알 아닌가?
**도냐 아나** 돈 루이스.
**돈 루이스** 도냐 아나.
**도냐 아나** 이 시간에 창문을 두드리셨어요?
**돈 루이스** 아, 도냐 아나,
때마침 잘 나왔소이다.
**도냐 아나** 메히아, 왜 그러세요?
**돈 루이스** 당신의 아름다움을 탐하는
어느 무서운 놈의 집념 때문이오.

도냐 아나 　당신이 제 마음의 주인이신데
놀라실 게 뭐 있어요?

돈 루이스 　도냐 아나, 당신은
그자의 이름과 행운을
알지 못하고는
그자에 대한 것을 이해할 수 없소.

도냐 아나 　그의 행운도 내게는
소용없을 거예요.
결혼식까지 몇 시간밖에 남지 않은 걸
당신도 아시잖아요. 쓸데없는 걱정으로
당신을 괴롭히지 마세요.

돈 루이스 　내게 검(劍)이 있고
그자가 정면으로 당신에게 다가온다면
그 어떤 것도 두렵지 않다는 걸
하느님께서도 증언해주실 것이오.
그러나 그는 대담하면서도
조심스럽고 신중한 사자처럼
또 교활한 뱀처럼 그렇게…….

도냐 아나 　말도 안 돼요! 돈 루이스, 가서 편히 주무세요.
그의 대담함과 신중함은 내게서
아무것도 얻어내지 못할 거예요.

나는 당신을 내 존재의

영광으로 여기고 있어요.

**돈 루이스** 그렇다면, 아나, 나를 향한

그대의 사랑의 이름으로

그자를 두려워하지 않기 위해

당신에게 한 가지 청을 하려 하오.

**도냐 아나** 말하세요. 그러나 좀 낮은 소리로요.

혹시라도 다른 사람이 들을 수도 있잖아요.

**돈 루이스** 그럼, 들어보시오.

## 제5장

도냐 아나, 돈 루이스, 돈 후안, 시우티

도냐 아나와 돈 루이스는 오른쪽 철책에 있고,

돈 후안과 시우티는 왼편 거리에 있다.

**시우티** 나리, 참으로

나리의 행운은 대단합니다.

**돈 후안** 시우티, 나 같은 이는 아무도 없어.

그 선하고 신중한 간수장이

얼마나 손쉽게 협조하여 나를 석방했는지

너도 이미 보지 않았느냐?
하지만 이제 그것에 대해서는 할말이 없다.
내가 시킨 일은 다 했느냐?

시우티 제가 기대했던 것 이상으로
모든 일들을 처리했습죠.

돈 후안 그 독실한 여인은?

시우티 이것이 그 정원 문의
열쇠입니다요.
나리께서도 알다시피
그 수녀원의 담은
출입을 허용하지 않기 때문에
담을 기어올라야 합지요.

돈 후안 그녀가 네게 편지는 주었느냐?

시우티 그런 건 없었습니다.
즉시 여기로 나올 것이고
수녀원으로 가는 길에
나리와 이야기할 거라고 했습죠.

돈 후안 더 낫군.

시우티 저도 같은 생각입니다.

돈 후안 말들은?

시우티 재갈을 물리고 안장을 얹어

이미 준비해놨습죠.

**돈 후안** 그리고 사람들은?

**시우티** 가까이 있습니다.

**돈 후안** 좋아, 시우티. 내가 투옥된 줄 알고
세비야 시내가 고요히
잠에 빠져든 사이에
내 장황한 피해자 목록에
이름 두 개를 더 추가하자.
하! 하!

**시우티** 나리.

**돈 후안** 왜?

**시우티** 조용히 하세요.

**돈 후안** 왜 그러나, 시우티?

**시우티** 모퉁이를 돌면 있는
옆 철책에
사람이 하나 있는 걸 보았습니다.

**돈 후안** 사실이군.
만약에 저자가 그 친구라면
일이 더 쉽게 풀리겠군.

**시우티** 누구요?

**돈 후안** 돈 루이스 말이야.

시우티 불가능한 일입니다.

돈 후안 이것봐!

나도 여기에 있지 않은가?

시우티 나리와 그분과는

다르죠.

돈 후안 물론 나도 그렇게 생각하네.

시우티, 저기 철책 뒤에 여인이 하나 보이는군.

시우티 아마도 하녀일 겁니다.

돈 후안 알아볼 필요가 있네. 맙소사!

이번 일에 실패하여 명성을 잃지 마세나.

이봐, 시우티.

자네는 사람들과 함께

순찰대인 것처럼 꾸며 집 주위를 돌면서

이 길로 들어가게.

시우티 그럼 그녀는 문을 닫을 거예요.

돈 후안 그렇게 되어

그녀는 아무것도 모른 채 그가 체포되면

우리의 출입이 자유롭게 되겠지.

시우티 맞는 말이군요.

돈 후안 뛰어가서 그를 저지하게.

거기에 승패가 달려 있으니까 말이야.

시우티 그러다 저 악당이 저항하면요?

돈 후안 그러면 단칼에 베어버려.

## 제6장

돈 후안, 도냐 아나, 돈 루이스

돈 루이스 그럼, 내게 승낙하는 거요?

도냐 아나 그래요.

돈 루이스 이렇게 내게 기쁨을 주는 거요?

도냐 아나 완전하게요.

돈 루이스 그럼 날이 밝을 때까지 당신을 지켜주겠소.

도냐 아나 그래요, 메히아.

돈 루이스 나의 아나여, 하늘이 당신에게
그토록 완전한 만족으로 보답하기를.

도냐 아나 당신이 내가 진실하다고 판단하기에
모든 것에 동의하는 거예요, 메히아.

돈 루이스 그럼, 다시 돌아오겠소.

도냐 아나 그래요, 10시예요.

돈 루이스 나를 기다리겠소, 아나?

도냐 아나 네.

**돈 루이스** 이곳으로 오겠소.

**도냐 아나** 시간은 정확하게 지키실 거죠, 네?

**돈 루이스** 그럴 거요.

**도냐 아나** 그럼 열쇠를 드릴게요.

**돈 루이스** 그리고 난 당신 집에서 머물 거고.
덤벼라, 테노리오.

**도냐 아나** 누가 와요.
10시예요.

**돈 루이스** 이곳에 올 것이오.

## 제7장

돈 후안, 돈 루이스

**돈 루이스** 가까이 다가오는군. 거기 누구요?

**돈 후안** 누구든 무슨 상관인가?

**돈 루이스** 이렇게 가는 자는 무슨 짓을 하려는 거지?

**돈 후안** 원하는 것.

**돈 루이스** 내가 그대의 혀를 뽑아내는 걸 보고 싶나?

**돈 후안** 자유로운 통행을 원하지.

**돈 루이스** 서라.

**돈 후안** 그럼 나는 팔병신일까?

**돈 루이스** 통행을 정중하게 요구하라.

**돈 후안** 누구에게 말인가?

**돈 루이스** 돈 루이스 메히아에게.

**돈 후안** 지나가는 이는 자유로운 통행을 원하지.

**돈 루이스** 나를 아는가?

**돈 후안** 그렇다네.

**돈 루이스** 그럼 나도 당신을 아는가?

**돈 후안** 둘 다 알지.

**돈 루이스** 무슨 이유로 나를 방해하려는 건가?

**돈 후안** 길 때문이지.

**돈 루이스** 우리 둘이 다 길의 주인이 되려고 하는가?

**돈 후안** 그렇지.

**돈 루이스** 단 두 사람만이 동시에
그 길을 원할 수 있지.

**돈 후안** 알고 있네.

**돈 루이스** 그럼 자네는 돈 후안!

**돈 후안** 이런! 우리 둘이 같은 길에 있게 됐구먼.

**돈 루이스** 자네는 체포되지 않았었나?

**돈 후안** 그랬지. 자네처럼.

**돈 루이스** 맙소사!

그럼 도망쳤단 말인가?

돈 후안 　자네 흉내를 냈지.

그래서 뭐가 어쨌다는 건가?

돈 루이스 　자네는 내기에서 질걸세.

돈 후안 　알 수 없지.

돈 루이스 　알게 될걸세.

돈 후안 　우리 둘이 그 아가씨를

포위했고 자네는 붙잡혔네.

돈 루이스 　아직 시간이 있네.

돈 후안 　자네가 졌다니까.

돈 루이스 　나 원 참, 두고 보자니까!

(돈 루이스가 칼집에서 칼을 뺀다. 그러나 다른 사람들과 함께 몰래 돈 루이스의 뒤에 가 있던 시우티가 뒤에서 그를 저지한다.)

돈 후안 　돈 루이스, 그것 보라니까.

돈 루이스 　속았구나.

돈 후안 　입을 좀…….

(자기 수하의 사람들에게 이렇게 말하자 그들이 돈 루이스의 입을 막는다.)

돈 루이스 　오!

(사람들이 돈 루이스의 팔을 붙잡고 있다.)

**돈 후안** 뒤에서 붙잡아라. 더.
메히아 씨, 이 계획은 이제
내 것이네.
(자기 수하들에게) 날이 밝을 때까지 가두어놓아라.
(돈 루이스에게) 내기는 이제 내 손 안에 있군.
잘 있게, 돈 루이스. 만일 내가 자네를 이긴다면
속임수로 하는 거라네.
그러나 그게 내 수법이지.

## 제8장

돈 후안

**돈 후안** 잘 됐군, 하늘이여 감사합니다!
내가 자기 여인을 가로채는 동안
그는 내 술창고에 갇혀
머리털을 쥐어뜯고 있겠지.
이것이 내 명성을 더해줄 게야.
그럼 그녀는? …… 그자와 함께 있다고
믿고 있을 때……, 하! 하! ……오!
그는 원망할 순 없겠지, 정정당당하게 내기를 한

거니까 말이야.
난 그를 투옥시켰는데 나왔고
그도 나를 투옥시켰는데 나왔어.
그래서 이곳에서 만날 수밖에 없었어.
이미 그랬듯이
우리 각자는 이 중요한 내기에서
각자의 몫을 해낸 거야.
그러나 메히아는 운이 없었고
이번 내기도 지게 생겼군.
그러나 혹시 모르니 만일을 위해
루시아에게 확인을 해두는 것도
나쁘지 않겠어. 이 탁월한 행동에
조금이라도 실수가 없도록 하기 위해서 말이야.
그런데 저기 검은 물체가 다가오는군…….
내가 보기엔 여자 같은데.
또 다른 모험인가? 반갑군.

## 제9장

돈 후안, 브리히다

| | |
|---|---|
| **브리히다** | 기사님이신가요? |
| **돈 후안** | 게 누구요? |
| **브리히다** | 돈 후안님? |
| **돈 후안** | 이런!<br>만일 그 예비수녀라면! 벌써 잊고 있었군!<br>이리 오시오. 내가 돈 후안이오. |
| **브리히다** | 혼자세요? |
| **돈 후안** | 악마와 함께 있소. |
| **브리히다** | 예수님! |
| **돈 후안** | 자네를 두고 한 말이네. |
| **브리히다** | 제가 악마라고요? |
| **돈 후안** | 그렇게 생각하지. |
| **브리히다** | 어머나! 무슨 말씀을 하시는 거예요!<br>나리야말로 악마시지요. |
| **돈 후안** | 잘 섬기면<br>돈주머니를 가득 채워줄 악마지. |
| **브리히다** | 그건 두고 봐야지요. |
| **돈 후안** | 그럼, 흉중을 털어놓게. |

무슨 일을 했는가?

**브리히다** 나리의 시종이 말한 것을
했습죠……. 그런데 그 시우티란 자는
버릇이 아주 좋지 않더군요!

**돈 후안** 무슨 짓을 했는데?

**브리히다** 대단한 악당이에요!

**돈 후안** 그가 자네에게 돈주머니와 편지를
가져가지 않았는가?

**브리히다** 도냐 이네스는 지금쯤
그 편지를 읽고 있을 거예요.

**돈 후안** 그녀를 준비시켜뒀는가?

**브리히다** 저런, 게다가 나리를 위해
그렇게 수완을 부려 아가씨를 설득했지요.
그래서 아가씨는 순한 양처럼 나리 뒤를
따라갈 겁니다.

**돈 후안** 참, 쉽게도 했구먼!

**브리히다** 말도 마세요. 우리 아가씨는 새장에서 태어나
새장에 갇힌 불쌍한 백조예요.
우리 아가씨는 더 좋은 삶이 있는 것도
날아다닐 수 있는 더 좋은 공기가 있다는 것도 모르죠.
만일 자기 깃털이

태양의 광채 같다는 걸 보지 못했다면
자랑할 만한 그 형형색색의 모습에 대해
뭘 알겠어요?
불쌍한 아가씨는
열일곱 번의 봄도 세지 않았어요.[4]
그리고 아직도 첫사랑의 느낌에 대해
순결하고
어려서부터 빈틈없이
엄격하게 자라
자신의 가엾은 테두리 바깥에 있는
그런 행복을 상상도 못했죠.
수녀원에서 고독하게
그토록 단조롭고도 오랜 세월을 보내
그녀의 생각은
대단히 폭이 좁고
대단히 좁은 공간에 한정돼 있으며
대단히 작은 범위 안에 있어
수녀원 생활이 자기 운명이고
자기의 최후는 제단이라고 생각하지요.

---

4 도냐 이네스가 17세임을 암시하는 대목이다.

"여기 하느님이 계시다" 라고 사람들이 말했고
그녀는 "여기서 내가 그분을 예배하지요"
"여기서 수도 생활을 하며 찬양드리지요"라고 말했죠.
그러고는 "더 이상은 없다"고 생각했어요.
어렸을 때의 꿈 말고는
다른 꿈도 없이
아마 그런 것을 알지도 못하고
열일곱 청춘을 보냈지요.

**돈 후안** 그런데 그녀는 아름다운가?

**브리히다** 오! 천사 같답니다.

**돈 후안** 그럼 자네는 그녀에게…… 말을 했는가?

**브리히다** 돈 후안님, 만일 제가 그녀의 머릿속에
사악하고 어지러운 것들을 넣었다고
생각해보세요.
전 그녀에게 사랑에 대해, 세상에 대해,
궁정과 환희에 대해,
그리고 여자들에게 나리가
얼마나 호방하고 멋진 분인가에 대해 말했지요.
아가씨께 나리가
아버지가 정해놓은 배필이라고

말했어요. 그리고 나리께서 아가씨에 대한 사랑으로
죽을 지경이라고 꾸며놨습죠.
아가씨로 인해 절망하고
아가씨로 인해 고통스러워하고
아가씨를 위해서라면
목숨과 명예도 버릴 준비가 돼 있는 것처럼 말예요.
결국 제 달콤한 말들이
아가씨의 귀에 앉아 연달아
잠 못 들게 하는 소망을 불어넣었지요.
그래서 아가씨의 가슴속에는
이미 나리를 사랑하고
나리만을 생각하는 그런 강한 불길이
타오르고 있답니다.

**돈 후안** 그토록 자극적인 묘사는
내 감성을 흥분시키는군.
그리고 불타는 영혼이 나를
그 분별없는 열정으로 채우는구나.
내기로 시작하여
바람기로 지속했다가
나중에는 소망을 갖게 됐고
이제는 내 애를 태우는구나.

그녀가 수녀원 한가운데 있다는 건 별 문제가 되지 않아.
지옥에까지라도 내려가
결투를 벌여서라도 그녀를
사탄의 품에서 꺼내오리라!
오! 아름다운 꽃이여,
그대의 잔은 아직도 이슬에 열리지 않았구려.
돈 후안이 그대를
사랑의 정원에 옮겨 심으리다.
브리히다?

**브리히다** 나리의 말을 듣고 있자면
제 판단이 흐려지는군요.
전 나리가 영혼도 마음도 없는
난봉꾼이라고 생각했거든요.

**돈 후안** 그게 이상한가?
그토록 고결한 대상에게는
다른 이들에게보다 두 배의 관심을
갖는 게 당연하지 않은가?

**브리히다** 나리 말씀이 옳습니다요.

**돈 후안** 그런데, 수녀들은 몇 시에
잠자리에 드는가?

브리히다 벌써 잠자리에 들었을 거예요.
나리는 모든 것을
준비해놓으셨나요?

돈 후안 모든 걸 준비했네.

브리히다 그럼 연옥의 영혼들을 위한
기도 종[5]이 울린 후에 조심해서
과수원으로 넘어 들어오면
제가 나리께 드린 열쇠로 손쉽게
수녀원으로 들어오실 수 있을 거예요.
그건 어둡고 좁은 수녀원 회랑의 열쇠니
회당을 곧장 따라가면
어렵지 않게 우리들의 수녀 방으로
들어올 수 있을 거예요.

돈 후안 만일 내가 그토록 소중한 보물을
훔치게 된다면
자네에게는 충분히 보상하겠네.

브리히다 돈 후안님, 절 믿으세요.

돈 후안 가서 날 기다리게.

브리히다 그럼, 저는 현관 수위실로 가서

5 이 종은 겨울에는 8시, 여름에는 9시에 울리는데 이 작품에서는 9시에 울리는 종을 의미한다.

출입문 담당 수녀인 마리아 수녀님이 눈치채지
못하게 할게요. 그럼 그때 뵙죠.

(브리히다는 가고 이 장면이 끝나기 조금 전에 무대 구석에서 기다리고 있던 시우티가 등장한다.)

## 제10장

돈 후안, 시우티

**돈 후안** 오, 하느님, 굉장한 내기로군!
지금까지 많은 내기를 해왔지만
이번 내기는 내게
큰 명성을 안겨줄 거야.
그런데 시우티가 날 기다리는 게
보이는구먼. (그를 부르면서) 충실한 사냥개[6]인가?

**시우티** 여기 있습니다.

**돈 후안** 돈 루이스는 어떻게 됐나?

**시우티** 나리께서는 오늘 그에게서
자유롭습니다.

---

6 (편집자주) 돈 후안은 시우티를 자신의 (여자) 사냥을 돕는 사냥개에 비유한다.

돈 후안 이제 루시아를 봐야겠군.

시우티 여기서 보실 수 있습니다. (오른편 철책에서)

제가 그녀를 부르지요.

제 소리를 듣고 루시아가 나오면

나리께서 그녀를 처리할 수 있을 겁니다.

돈 후안 그럼, 부르게.

시우티 그녀는 부름에 응하기 위한

제 신호를 잘 알고 있습죠.

돈 후안 그녀가 나오면

나머지는 내가 처리하지.

(시우티는 약속해놓은 듯한 신호로 철책을 두드린다. 루시아가 나타나 돈 후안을 보고는 잠시 머뭇거린다.)

## 제11장

돈 후안, 루시아, 시우티

루시아 훌륭한 기사님, 뭘 원하세요?

돈 후안 나는 원하노라.

루시아 뭘 원하시는지? 어디 보죠.

돈 후안 보기를 원한다.

루시아 보다뇨? 이 시간에 뭘 보시려구요?

돈 후안 네 아가씨를.

루시아 돌아가세요, 너무 늦었어요.
이곳에 누가 산다고 생각하시는거죠?

돈 후안 도냐 아나 데 판토하지. 그리고
난 네 아가씨를 보려 한다.

루시아 도냐 아나 아가씨가 결혼하는 걸 아세요?

돈 후안 그럼, 내일 결혼하지.

루시아 그런데 아가씨께서 벌써 부도덕한 짓을 하시겠어요?

돈 후안 그럴 것이다.

루시아 그럼 돈 루이스 메히아께서 보낸 분이 아닌지요?

돈 후안 글쎄! 다른 날이 될거다.
오늘은 내일이 아니야, 루시아.
난 오늘 도냐 아나와 함께 있을 것이고
그녀가 내일 결혼하면
내일은 다른 날이 될 것이다.

루시아 아! 아가씨께서 당신을 맞이할까요?

돈 후안 그럴 수 있을 것이다.

루시아 제가 나리를 위해 뭘 할 수 있죠?

돈 후안 문을 여는 거지.

루시아 말도 안 돼요! 누가 이 성문을 열어요?

**돈 후안** 이 돈주머니가.

**루시아** 금인가요?

**돈 후안** 곧 네게 반짝이는 걸 주지.

**루시아** 얼마나요!

**돈 후안** 100도블라[7]도 넘지.

**루시아** 맙소사!

**돈 후안** 돈을 세어보고 이 돈주머니가
이 집 문을 열 수 있는지 말해보아라.

**루시아** 만일 이 모든 것이 내 거라면…….

**돈 후안** (그녀의 말허리를 끊으면서) 아주 부자지.

**루시아** 그래요? 그 미남자의 이름이 뭐죠?

**돈 후안** 돈 후안.

**루시아** 유명한 성姓도 없나요?

**돈 후안** 테노리오지.

**루시아** 연옥에 있는 영혼들이여!
당신이 돈 후안이라고요?

**돈 후안** 네 눈 앞에 아주 부자인
돈 후안이 있는데
왜 겁을 내는 게냐?

---

7 스페인의 옛 화폐 단위.

루시아 문소리가 날 것입니다.

돈 후안 안심해라.

루시아 맙소사! 누가 안심하겠어요?

돈 후안 너지.

루시아 왜 제가 길을 열어야 하죠?

돈 후안 네 훌륭한 분별력 때문에 그렇다.

루시아 말도 안 돼요! 운명의 품에 안겨 길을 가는 것은…….

돈 후안 금화를 두 배로 주지.

루시아 좋습니다.

돈 후안 그럼 네 뛰어난 분별력이 어떻게 모든 것을 확보하는지 보아라.

루시아 시간을 좀 주세요, 제발!

돈 후안 10시에 한다.

루시아 어디서 나리를 찾지요? 나리께서 저를 찾으실 건가요?

돈 후안 여기서.

루시아 그렇다면 나리는 시간을 정확하게 지키실 거죠?

돈 후안 그럴 것이다.

루시아 그럼 제가 나리께 열쇠를 가져다 드리죠.

돈 후안 그럼 나는 또 다른 금화 주머니를 가져오지.

루시아 잊지마세요.

돈 후안 정말 잊지 않겠다.
10시에 이곳에 있을 것이야.
그럼, 잘 가라, 날 믿고.

루시아 멋진 미남자께서도 절 믿으세요.

돈 후안 성실한 루시아여, 그럼, 안녕.

루시아 그럼 잘 가세요, 부자 돈 후안님.
(루시아는 창문을 닫는다. 시우티는 돈 후안이 신호를 하자 그에게로 다가선다.)

## 제12장

돈 후안, 시우티

돈 후안 (웃으면서)
금으로는 실패하는게 없지.
시우티, 이제 내 의도를 알겠지.
9시에는 수녀원에,
그리고 10시에는 다시 이 거리로 돌아올거야.
(그들은 퇴장한다.)

# 제3막

## 신성모독

**등장인물**

돈 후안
도냐 이네스
돈 곤살로
브리히다
수녀원장 수녀
출입문 담당 수녀

도냐 이네스의 수녀원 독방. 왼쪽 구석에 문이 있다.

## 제1장

도냐 이네스, 수녀원장 수녀

**수녀원장** 그럼, 내 말 이해했죠?

**도냐 이네스** 네.

**수녀원장** 좋아요.
당신 아버지의
결정적인 뜻은 그렇답니다.
당신은 젊고 순수하고 선하지요.
태어날 때부터 거의
수녀원에서 살았고요.

성스러운 서원을 하고
영원히 이곳에 남기 위해서
다른 수녀들이 했던 것같이
어려운 시험과 고행을
행하지도 않았어요.
당신은 수천 배나 복되지요!
그래요, 도냐 이네스, 당신은 행복한 사람이에요.
세상을 모르기에
세상을 두려워하지 않아도 되죠.
당신은 복된 사람이에요!
수녀원 문을 밟을 때,
뒤에 남겨진 것을
보지 않을 거니까요!
그리고 속세의
어수선함과 쾌락에 대한 기억이
성스러운 제단의 발 아래 있는
당신을 유혹으로 동요시키지도 않을 거고요!
저 성스러운 담 뒤에
존재하는 것을 모르기에
당신은 그 뒤에 있는 어떤 것도
탐내지 않을 거예요.

주인의 손 위에서
먹이를 먹는 법을 배워온
온순한 비둘기는
가정의 정원에서 길러져
그 보호망을 벗어난 적이 없기에
공중으로 나래를 펼칠
마음도 없는 법이지요.
꽃이 만발한 달의
향기로운 바람만이
흔들었던 싹을 가진
품위 있는 백합이여,
여기 여명의 입맞춤에
그대의 잔을 열리라.
그리고 여기서 그대의 잎들이
조용히 떨어지리라.
그리고 우리의 협소함을 껴안고 있는
한 조각 땅에서,
창문틀로 보이는
한 조각 하늘에서, 그대는
달콤한 잠으로 누울 수 있는 침상과
에덴의 문에 걸린

푸른 휘장만을 보리라.
아! 행복한 도냐 이네스여,
그대의 순수한 삶과 함께 있는
당신의 무지의 미덕이
참으로 부럽네요.
그런데, 왜 고개를 떨구고 있죠?
왜 지난번에 내가 이렇게 말했을 때
했던 것처럼 즐겁게
대답하지 않죠?
한숨을 쉬나요? ……오! 이제 알겠군요.
당신의 하녀가 돌아온 것을
보지 못해 불안하군요.
그러나 아무 걱정 말아요.
하녀는 거의 밤이 되었을 때
당신 아버지 댁으로 갔어요.
지금쯤 아래 출입문에 있을 거예요.
내가 그녀를 당신에게 보내지요.
난 오늘 밤 철야를 할 거예요.
그러니 도냐 이네스, 이제
잠자리에 들어요. 잘 시간이에요.
좋지 않은 예를 예비수녀들에게

보이지 말아요. 그녀들은 벌써
잠들어 있으니까요. 나중에 봐요.

**도냐 이네스** 원장 수녀님께 하느님이 동행하시길.

**수녀원장** 잘 있어요, 안녕.

## 제2장

도냐 이네스

**도냐 이네스** 이제 가셨군.
내 안에 뭐가 있는지 모르겠군, 불쌍한 이 몸!
소란하고 무질서하게
수많은 상념들이 동시에
나를 괴롭히는구나.
지난 밤들에는 그녀의 말을
기쁨으로 들었는데.
원장 수녀님이 그토록 잘 묘사하는
그 평온한 광경과
그 길들여진 환희의
행복한 단조로움과
복된 평온이

나로 하여금
수녀원의 고독과
그 성스러운 엄격함을
탐나게 했는데 말이야.
그런데 오늘은 원장 수녀님 말씀을 건성으로 들었고
그분과의 대화에서 그분의 이야기를
귀찮아하지 않았는지도 몰라도
적어도 무감각하게 들었어.
이유를 모르겠군.
원장 수녀님께서 내 서원의 날이
앞당겨질 수도 있다고 말했을 때,
떨리면서 마음이 더 빨리 요동치고
또 얼굴이 노랗게 창백해지는 걸 느꼈어.
불쌍한 이 몸! ……그런데
브리히다는 어디 있을까!
그녀는 이야기로
나를 몇 번 즐겁게 해주었지.
오늘은 그녀가 그립군. ……혹시
그녀를 잃게 될 것이기 때문인가.
서원을 하면 내가 사랑했던 것을
포기해야하니까 말이야.

그런데 회랑에서 발소리가 들리는군.
오! 난 그녀의 발소리를 잘 아는데…….
이제야 이곳에 왔군.

## 제3장

도냐 이네스, 브리히다

**브리히다** 도냐 이네스, 안녕하세요?

**도냐 이네스** 왜 이렇게 오래 걸렸는가?

**브리히다** 이 문을 좀 닫을게요.

**도냐 이네스** 문은 열어놓아야 한다는 규칙이 있잖은가.

**브리히다** 그건 하느님께 서원할
다른 예비수녀님들께는
매우 유익하고 거룩한 일이지만
아가씨를 위해서는 그렇지가 않아요, 도냐 이네스.

**도냐 이네스** 브리히다, 자네는 수녀원의 규율을
침해하고 있다는 걸 모르는가?

**브리히다** 흥! 필요 없어요.
이렇게 해야 더 안전하죠.
이렇게 해야 비밀도 없고

방해물도 없이 말하죠.

제가 가져다 드린 책은 보셨나요?

**도냐 이네스** 아참, 깜빡 잊었었네.

**브리히다** 거참, 잘됐군요!

**도냐 이네스** 원장 수녀님께서 곧장
이곳에 들어오셔서 그랬어.

**브리히다** 예의 없는 늙은이 같으니라고!

**도냐 이네스** 그런데 그 책이 그렇게 재미있는가?

**브리히다** 재미라고요? 엄청 재밌죠.
그런데 그 불쌍한 분은
살아갈 힘 없이 계시답니다.

**도냐 이네스** 누구말인가?

**브리히다** 돈 후안이요.

**도냐 이네스** 하느님 맙소사! 내가 무슨 말을 들은거지!
내게 그걸 보낸 게 돈 후안인가?

**브리히다** 물론이죠.

**도냐 이네스** 오! 난 그분을
허락할 수 없어.

**브리히다** 가엾은 아가씨!
그분을 이렇게 무시하면
그건 그분을 죽이는 거예요.

도냐 이네스 무슨 말을 하고 있는 건가?

브리히다 만일 아가씨가 그 기도서를 보지 않으면
큰 슬픔을 주어
그분을 병들게 할 거예요. 전 그걸 확인했어요.

도냐 이네스 아! 안 돼, 안 돼! 그래서는 안 돼.
기도서를 볼게.

브리히다 그러셔야죠.

도냐 이네스 참 예쁘군!

브리히다 아시겠죠?
기쁨을 주려는 이는 공을 들이는 법이랍니다.

도냐 이네스 금 고리로 돼 있어.
굉장히 빽빽하네.
어디 보자, 합송 기도를
다 담고 있는가 보자.
(책을 펼치는데 책 사이에서 편지 한 통이 떨어진다.)
그런데, 이건 뭐지?

브리히다 종이인데요.

도냐 이네스 편지로군!

브리히다 그렇군요.
그 편지에 아가씨를 환대하는 내용이 있을 거예요.

도냐 이네스 뭐라고! 그럼 이 편지가 그의 것이라고?

**브리히다** 맙소사! 아가씨는 아무것도 모르시네요!
아가씨를 환대하는 거라면 당연히
그분의 편지라는 결론이 나오죠.

**도냐 이네스** 아아, 예수님!

**브리히다** 뭐라고 썼어요?

**도냐 이네스** 아무것도 아냐, 브리히다, 아무 것도 아냐.

**브리히다** 그렇지가 않군요. 아가씨 안색이 변하는 걸 보니.
(벌써 그물에 걸려들었군.)
무슨 일 있으세요?

**도냐 이네스** 응.

**브리히다** 단순한 현기증일 거예요.

**도냐 이네스** 아, 편지를 쥐고 있는 손이
타들어가는 것 같아.

**브리히다** 아이고, 아가씨,
한번도 이런 걸 뵌 적이 없는데.
떨고 계시네요.

**도냐 이네스** 아아, 불쌍한 이 몸!

**브리히다** 무슨 일이에요?

**도냐 이네스** 모르겠어…… 나를 이유 없이 어지럽히는
수많은 정체불명의 그림자들이
내 머릿속을 마구

지나다니는 것이 느껴져.
그리고 그것들은 얼마 전부터
내 영혼을 요동시키고 고통스럽게 하고 있어.

브리히다 혹시라도 그 그림자에서
돈 후안님의 얼굴을 보신 건 아니죠?

도냐 이네스 모르겠어. 브리히다,
그분을 본 다음부터 그리고 자네가
그분의 이름을 말해준 후부터
언제나 내 앞에는 그분이 있어.
산란해진 마음에도
늘 그분의 기억이 함께하고,
잠시 한순간 그분을 잊어도,
다시 그 기억 속에 빠져 들어가게 돼.
내 감정이 어떤 조홧속인지
모르겠어.
늘 정신과 마음이
그분을 향해 있거든.
여기서도, 기도실에서도,
또 그 어느 곳에서도
내 생각이 그분의 모습으로
정신 팔려 있는 것을 깨닫게 돼.

브리히다 저런! 도냐 이네스,
아가씨 설명에 의하면
그것이 사랑이 아닐까 하는
의심이 드네요.

도냐 이네스 사랑이라고!

브리히다 네, 사랑이요.

도냐 이네스 아냐, 절대 그럴 리 없어.

브리히다 세상에서 제일 이해력이 부족한 사람도
그건 사랑이라고 이해할 거예요.
그런데 편지나 한번 보죠.
왜 그만두세요? 한숨을 쉬려구요?

도냐 이네스 이런! 편지를 보면 볼수록
읽을 엄두가 나지 않는군.
(편지를 읽는다.)
"내 영혼의 도냐 이네스에게."
아이고 성모 마리아여, 무슨 편지의 시작이 이렇담!

브리히다 다음에는 시詩로 돼 있을 거예요.
시에서 가져온 넋두리들일 거구요.
자, 계속해보세요.

도냐 이네스 (편지를 읽는다.)
"태양에게 빛을 주는 곳의 빛이여,

자유를 빼앗긴
아름답디 아름다운 비둘기여,
그대의 사랑스러운 눈이
이 글을 읽어주신다면,
다 읽기 전에는 분노로 눈을 돌리지 말고,
읽기를 끝내주소서."

**브리히다** 참으로 겸손도 하셔라! 더군다나 참으로 섬세하시군!
이보다 더한 경의가 어디에 있겠습니까?

**도냐 이네스** 브리히다, 난 내가 뭘 느끼는지도 모르겠어.

**브리히다** 계속하세요, 계속 읽으세요.

**도냐 이네스** (읽는다.)
"우리의 부친들께서 마음을 합쳐
우리들의 결혼에 동의하셨습니다.
왜냐하면 둘의 운명을
하늘이 합쳐놓았기 때문이지요.
도냐 이네스여, 그 이후로 내 영혼은
그토록 흥겨운 소망으로 즐거워하며
그대 이외의 다른 미래에는
도달하지 못한답니다.
내 가슴속 그대와의 사랑으로부터

작은 불꽃이 피어났지요.
그런데 시간과 집요함이 그것을
모닥불로 만들어놓았습니다.
내 속에서 꺼지지 않고
타오르는 그 화염은
매일 더욱 무섭게 자라나
더욱 맹렬해지는군요."

**브리히다** 물론이죠. 하늘은 돈 후안님께
언젠가 있을 아가씨의 사랑을
기다리게 했어요.
그리고 그 뿌리를 뽑아내려 했을 때는
이미 그 뿌리는 깊어져 있었죠.
계속하세요.

**도냐 이네스** (읽는다.)
"시간과 당신의 부재不在는
헛되이 그 불을 끄려 했지만,
이는 그 격렬함을 두 배나 더해주어
이제는 모닥불이 아니라 화산이 되었지요.
그리고 나는 그 분화구 한가운데서
의지할 곳 없이 싸우고 있답니다.
그곳에 매달려 내 무덤과

나의 이네스 사이에 있습니다."

브리히다 봤어요, 이네스 아가씨?
만일 그 기도서를 아가씨가 무시한다면
사람들은 즉시 그를 위한 수의를 준비할 거예요.

도냐 이네스 기운이 빠지는구나.

브리히다 계속하세요.

도냐 이네스 (읽는다.)
"내 영혼의 영혼, 이네스여,
내 삶의 끊임없는 자석이여,
해초 사이에 숨겨진
진주여.
투명하게 푸르른 하늘을
나는 법을 배우기 위해
둥지에서 한번도
날아오르려 하지 않은 백로여,
만일 당신이 그 담장 너머에 있는 세상을
슬프게 바라본다면,
자유에 대한 열정을 지닌 채
세상으로 인해 한숨을 쉰다면,
당신을 구하기 위해
당신의 돈 후안의 팔이

당신을 둘러싼 담장 아래에서
당신을 기다리고 있다는 사실을
기억해주시오."
(도냐 이네스가 말한다.)
하늘이여! 제게 무슨 일이 일어나는 거죠?
제가 죽어가고 있는 건가요?

**브리히다** (이제 낚시바늘을 다 삼켰군.)
계속하세요. 이제 끝나 가잖아요.

**도냐 이네스** (읽는다.)
"당신의 창 아래에서
울고 있는 자를 기억하세요.
거기서 낮은 그를 놀라게 하고
밤은 거기서 그를 발견한답니다.
내 사랑이여! 당신만을 위해
살고 있는 이를 기억하세요.
만일 당신이 그를 오라 하시면
당신 발아래 날아서 갈 거예요."

**브리히다** 봤어요? 그분은 오실 거예요.

**도냐 이네스** 오시다니!

**브리히다** 아가씨 발에 엎드리러 올 거예요.

**도냐 이네스** 그게 가능해?

브리히다　오! 물론이죠.

도냐 이네스　성모 마리아여!

브리히다　그런데, 이네스 아가씨, 마저 읽으세요.

도냐 이네스　(읽는다.)

"안녕, 오, 내 눈의 빛이여!
내 영혼의 이네스여, 안녕.
제발 차분하게 여기에
씌어져 있는 글을 생각해주오.
만일 당신의 무덤이 될
그 수녀원을 증오한다면
지시만 내려주시오. 돈 후안은
당신의 아름다움을 위해
뭐든 할 수 있으니 말이오."

(도냐 이네스가 말한다.)

아아! 이 편지에 어떤 독이 든
사랑의 미약媚藥이 들어있는 걸까?
내 마음이 찢어지는 게 느껴져.
잠들어 있던 어떤 감정을
이 편지는 내게서 찾아낸 걸까?
한번도 느껴보지 못한 어떤 충동일까?
지금까지 한번도 보지 못한 어떤 빛일까?

그토록 새롭고 심오한 열정이
내 영혼 가운데 품고 있는 것은 과연 뭘까?
누가 내 마음의 달콤한 평온을
빼앗아갔단 말인가?

**브리히다** 돈 후안이지요.

**도냐 이네스** 돈 후안이라고 했나! 그렇다면
그분이 내가 어디 있든지 좇아올 거란 말이지?
그분의 이름만 들으면 안 되겠나?
그분의 그림자만 보면 안 되겠나?
아! 맞는 말이야. 하늘이 우리 둘의
운명을 결합한 거야.
그래서 내 영혼에 죽을 것 같은
이 갈망이 생긴 거야.

**브리히다** 조용히 하세요, 제발.

〔만종晩鐘이 울리는 소리가 들린다.〕

**도냐 이네스** 뭐지?

**브리히다** 쉿!

**도냐 이네스** 갑자기 떨려오는군.

**브리히다** 도냐 이네스, 종치는 소리가 들려요?

**도냐 이네스** 응, 다른 때처럼
만종이 울리는 소리야.

브리히다 그럼 그분에 대한 말은 하지 마세요.

도냐 이네스 하느님 아버지!

누구에 대한 얘기 말인가?

브리히다 누구겠어요?

아가씨가 그토록 사랑하는 돈 후안님이죠.

왜냐하면 그분이 나타날 수도 있기 때문이에요.

도냐 이네스 나를 겁나게 하는군! 그분이

이곳까지 올 수 있다고?

브리히다 아마도 그럴 거예요.

왜냐하면 그 이름의 메아리가

아마 어디든 도달할 수 있기 때문이지요.

도냐 이네스 하느님! 그게 가능할까……?

브리히다 누가 알겠어요?

도냐 이네스 그럼 그분은 영혼인가?

브리히다 아뇨, 하지만 만일 열쇠를 가지고 있으면…….

도냐 이네스 하느님 맙소사!

브리히다 도냐 이네스, 조용히 해보세요.

발소리가 들리지 않아요?

도냐 이네스 아! 지금은

아무 소리도 들리지 않아.

브리히다 9시 종을 쳐요.

그들은 올라오고…… 가까이 오네요…… 아가씨…….
이제 이곳에 있어요.

**도냐 이네스** 누가 말이야?

**브리히다** 그분이요.

**도냐 이네스** 돈 후안!

## 제4장

도냐 이네스, 돈 후안, 브리히다

**도냐 이네스** 이게 뭐지? 꿈인가…… 정신착란인가.

**돈 후안** 내 사랑의 이네스여!

**도냐 이네스** 내가 보는 게 실제인가?
아니면 환상인가……?
나를 좀 잡아줘요…… 숨을 쉴 수가 없어요…….
유령인가…… 제발 가줘요.
불쌍한 이 내 몸……!
(도냐 이네스가 실신하자 돈 후안이 그녀를 부축한다.
도냐 이네스가 실신할 때 돈 후안의 편지가 바닥에 떨어진다.)

**브리히다** 나리께서 갑자기 들어오셔서

아가씨가 기절을 했어요.
놀라서 기겁을 한 거예요.

돈 후안 그게 더 나아. 그래서 우리는
일정의 반을 벌게됐어.
자! 그녀를 바라보느라고
시간을 낭비하지 말자고.
내기에서 지는 걸 원치 않는다면 말이야.
난 팔로 그녀를 안겠네.
그리고 가능하면 빨리
이 고즈넉한 수녀원을 벗어나자고.

브리히다 오! 아가씨를 이렇게 데리고 가려고요?

돈 후안 미련퉁이야, 그럼 내가
여기에 그녀를 놔두려고 대담하게
수녀원이라는 금역禁域을 침범한 줄 아는가?
내 시종이 밑에서 기다리네.
따라오게.

브리히다 아이고, 혼 빠지겠네!
아! 이분은 야수야.
그 무엇도 그를 가로막거나 동요시킬 수 없지…….
그래, 그래, 나도 그의 그림자를 쫓아가야지.

## 제5장

수녀원장

**수녀원장**

누군가 회랑을 걸어가는
소리가 분명히 들렸어.
오늘 도냐 이네스에게
철야를 포함한 몇 가지를 더 허락했는데.
두렵군…… 하지만 발소리가
이제 이곳에서 나지 않아.
2시에 수녀원 독방을 나가려면
어떤 일이 일어날까?
그들은 어디로 가는 걸까?
어머나! 다시는 이런 일 없이
예비수녀들을 동요시키지 못하도록
그녀들의 행동을 제한해야지…… 그래, 그렇고말고.
그런데 저 바깥에서 발소리가 나네.
누구세요?

## 제6장

수녀원장, 출입문 담당 수녀

**출입문 담당 수녀** 저예요, 수녀님.

**수녀원장** 수녀님이 이 시간에 회랑에 웬일이지!
출입문 담당 수녀님, 뭐죠?

**출입문 담당 수녀** 원장 수녀님, 원장 수녀님을 찾고 있었어요.

**수녀원장** 무슨 일이예요? 말해봐요.

**출입문 담당 수녀** 어느 나이든 귀족께서
원장 수녀님과 말씀나누길 원하세요.

**수녀원장** 터무니없는 일.

**출입문 담당 수녀** 그분은 자기가 칼라트라바의 기사라고
말하고는 자기의 특권으로
수녀원에 들어올 수 있다고 하던데요.
그리고 사안이 위급하여 즉시
원장 수녀님을 뵙겠다고 하는군요.

**수녀원장** 자기 이름을 말했는가?

**출입문 담당 수녀** 돈 곤살로 우요아라고 하던데요.

**수녀원장** 무슨 일일까? 그분께 문을 열어드려요,
수녀님, 그분은 그 기사단의
기사단장으로서 수녀원에 들어오실

권리가 있으세요.

## 제7장

수녀원장

**수녀원장** 이 늦은 시간에 이렇게 오시다니……?
무슨 일인지 모르겠군……
그러나 한편으론 잘됐어.
자기 딸이 여기 없는 것을 알면
그녀를 나무랄 거야. 그러면
도냐 이네스가 다음번에는 더 조심하겠지.

## 제8장

수녀원장, 돈 곤살로
출입문 담당 수녀는 문에 있다.

**돈 곤살로** 원장 수녀님, 이런 시간에
폐를 끼쳐드려 죄송합니다.
그러나 이 일에

제 명예와 인생이 걸려 있어서요.

**수녀원장** 예수님!

**돈 곤살로** 들어보세요.

**수녀원장** 그럼, 말해보시죠.

**돈 곤살로** 저는 지금까지 금보다도 더욱 값진
보물을 지키고 있었습니다.
그 보물은 제 딸 이네스이지요.

**수녀원장** 그런데요.

**돈 곤살로** 들어보세요.
사람들이 방금 내게 말하기를
이네스의 하녀가 조금 전에
돈 후안이라는 자의 하인과
이야기를 나누면서
거리를 지나는 것을 보았다는군요.
그런데 돈 후안은 대담함과 사악함에 있어
그 어느 누구보다도 더 명성을 떨치는 자이지요.
오래 전에는 그자와 내 딸을
결혼시킬까도 생각했었소만,
오늘 그걸 취소하자
녀석은 내게서 딸애를 빼앗아가겠다고
맹세했소이다.

그런데 딸애의 하녀는 그 추악한 녀석에게
넘어간 게 틀림없소이다.
그래서 그자로부터 난 나 자신을 보호해야 되오.
조심하지 않으면 하루나 한 시간도
그 사탄의 자식이 내 명예를 더럽히기에
충분할 것이외다.
그래서 난 불안하오.
결국 그 하녀 때문에 왔지요.
원장 수녀님께서는 도냐 이네스의
서원을 앞당겨주시오.

**수녀원장** 기사단장님, 단장님은 아버지시니
그 조바심은 너무도 당연합니다.
그러나 단장님께서 제 명예를 침해한다는 걸 알아
주십시오.

**돈 곤살로** 수녀님은 돈 후안이 어떤 자인지 모르십니다.

**수녀원장** 비록 단장님께서 그를 그토록 흉악한 자라고 하셔도
제가 단장님께 말씀드릴 수 있는 것은
도냐 이네스가 이곳에 있는 동안
그녀는 안전하다는 겁니다, 돈 곤살로.

**돈 곤살로** 나도 그렇게 생각하오. 그런데 대화는 그만합시다.
그 하녀를 내게 데려다주시오.

그리고 내 속된 생각들을 용서해주시오.
만일 수녀님께서 수녀님의 미덕에 대해 내게
말하신다면 저는 다만
세상의 분별없는 젊은이에 대해
알 따름이라고 말씀드리지요.

수녀원장 단장님께서 요구하신 대로 하지요.
출입문 담당 수녀님,
가서 도냐 이네스와
그 하녀를 찾아보세요.

돈 곤살로 수녀님, 무슨 말씀을 하시는 겁니까?
제 기억이 잘못됐나요?
지금은 그 둘 다 잠자리에 들어 있을
시간이라는 걸 잘 알고 있는데요.

수녀원장 방금 전에 그 둘이 이곳을 나간 것을
알았답니다. 무엇 때문인지는 모르겠고요.

돈 곤살로 아아! 왜 이렇게 떨리는지 모르겠군.
그런데, 하느님, 이게 뭐란 말입니까!
종이가 하나 있군……, 내 조바심은
그걸 큰 소리로 예견했었지.
(읽는다.)
"내 영혼의 도냐 이네스에게……"

그리고 돈 후안의 서명이 있군.
보시오…… 보란 말이오…… 이 증거를.
거기를 읽어보시오…… 오! 당신이
딸애를 위해 하느님께 간구하는 동안
그 악마가 들어와 그녀를 빼앗아 가버렸군요.

## 제9장

수녀원장, 돈 곤살로, 출입문 담당 수녀

**출입문 담당 수녀** 수녀님…….

**수녀원장** 무슨 일인가요?

**출입문 담당 수녀** 죽을 거 같아요.

**수녀원장** 얘기해 봐요.

**출입문 담당 수녀** 말을 잘 못하겠어요…….
한 남자가 과수원 담을
넘어가는 것을 보았답니다.

**돈 곤살로** 봤습니까? 달려갑시다. 아아, 슬프도다!

**수녀원장** 어디로 가세요, 기사단장님?

**돈 곤살로** 제기랄 놈! 난 여기서 수녀님에게서 빼앗아 간
내 명예를 회복하기 위해 뒤쫓아가겠소이다.

# 제4막

## 하늘문의 악마

**등장인물**

돈 후안
도냐 이네스
돈 곤살로
돈 루이스
시우티
브리히다
순찰대 1, 2

세비야 근교 과달키비르 강가에 있는 돈 후안 테노리오의 별장.
구석에는 발코니가 있고 양 옆으로 두 개의 문이 있다.

## 제1장

브리히다, 시우티

**브리히다** 하느님 맙소사! 밤에 이게 무슨 짓이람!
그가 어떤 사람인지 이전에 알았다면,
저토록 격정적인 미남자를
감히 모시지 않았을 것을.
아, 시우티! 온몸이 으스러지는 것 같아.
몸을 움직이지 못하겠어.

**시우티** 어디가 아픈가?

브리히다 온몸이 아프고

게다가 영혼도 그런 것 같아.

시우티 알았어! 말 타는 것에 익숙지 않으니

당연하지.

브리히다 수천 번이나 떨어질 뻔했어.

아이고, 어지러워라! 대단히 열심이로군!

내 눈앞에서

여러 그루의 나무들이 하나둘씩

태풍의 날개에 실린 듯

지나가는 것을 봤는데,

너무도 빠르고 지옥같이 무시무시한

환영을 만들어서

말 세우는 걸 늦췄다면

정신을 잃을 지경이었어.

시우티 만일 당신이 이 집에 머무른다면

이런 일을 적어도

일주일에 여섯 번은 보게 될 거유.

브리히다 주여!

시우티 그런데 아가씨는

아직도 잠들어 있는가?

브리히다 일어나서 뭐하게요?

시우티 그렇지, 돈 후안의 품안에서
눈을 뜨는 게 더 낫지.

브리히다 네 주인은 뭔가 악마적 특성을
가지고 있는 것임에 틀림없어.

시우티 나는 그 자신이 바로 인간의 모습을 한
악마라고 생각하는데,
왜냐하면 사탄만이 그와 대결할 수
있기 때문이지.

브리히다 오! 대단한 일이로군!

시우티 그러나 결국엔 성취되지.

브리히다 세비야 같은 도시의
한복판에 있는
수녀원에서 이렇게 나오다니!

시우티 그건 이런 사람만이
할 수 있는 일이지.
그런데, 이게 무슨 꼴이람!
만일 행운이 늘 그의 곁에 있다면
재난도 그의 발에 묶여
조용히 잠잔다니까.

브리히다 맞아, 말 한번 잘하는군.

시우티 내가 이렇게

대담한 사람은 본 적이 없어.
그는 위기에도 절대 놀라지 않고
극복하려고만 마음먹는다면
한순간도 그를 당황하게 만드는
어려움이란 없지.
그는 모든 일에 과감히 몸을 던지고
모든 것을 할 수 있는 것처럼 보여.
일이 어느 정도 되어가는지
보지도 않고 묻지도 않지.
사람들이 그에게 "저기 사건이 하나 벌어지는군."
이라 말하면
그는 "거기 돈 후안이 있다"고 말하지.
그런데 벌써 늦었군, 빌어먹을!

브리히다 얼마 전에 성당에서
12시 종을 쳤어.

시우티 12시에는
돌아가 있어야 하는데.

브리히다 그런데 돈 후안은 왜
우리와 함께 오지 않지?

시우티 저기 시내에 아직
여러 가지 할 일이 남아 있기 때문이지.

브리히다 여행 준비인가?

시우티 물론. 오늘 밤
다른 이들이 그를 지옥으로
여행 보내는 게
아주 쉬운 일이겠지만 말이야.

브리히다 어머나, 생각하고는!

시우티 그럼 우리가 고용돼 하는 일이
남을 위해 하는 지루한
자선사업인 줄 아슈?
비록 돈 후안님이 이곳에 오시면
우리들이 안전하긴 하지만 말이요.

브리히다 정말인가, 시우티?

시우티 이 발코니로 와서 보쇼.
뭐가 보이오?

브리히다 강가에 정박해 있는
쌍돛대 범선이 보이는데.

시우티 배의 선장은 돈 후안의 명령이
떨어지기만을 기다린다오.
우리 모두를 안전하게
이탈리아로 데려갈 거란 말씀이야.

브리히다 확실해?

시우티 당신 안전에 대해서는
아무런 염려도 마요.
저 배는 바다 위를 미끌어져가는
가장 빠른 배라오.

브리히다 쉿! 도냐 이네스가 깨어나는 것 같아.

시우티 그럼, 난 가겠소. 돈 후안께서
당신만 아가씨와 말을 하라고
하셨으니 말이우.

브리히다 명령도 잘하셨구먼,
잘 알겠네.

시우티 그럼, 잘 계시오.

브리히다 조심해서 가시오.

## 제2장

도냐 이네스, 브리히다

도냐 이네스 에구머니나, 얼마나 꿈을 꾼 거지!
내가 미쳤군. 몇 시쯤 됐을까?
그런데 이게 뭐지? 아, 불쌍한 이 몸!
이 잠자리를 본 기억이 없는걸.

누가 날 이곳에 데려다 놓았지?

**브리히다** 돈 후안이죠.

**도냐 이네스** 항상 돈 후안이로군……, 그런데 브리히다,

자네도 나와 함께 이곳에 있군?

**브리히다** 그래요, 도냐 이네스.

**도냐 이네스** 제발

우리가 어디에 있는 건지 말해줘.

이 방은 수녀원의 방인가?

**브리히다** 절대로 아니에요.

수녀원의 방은

참담함밖에 없는

돼지우리였어요

**도냐 이네스** 그럼, 도대체

우리는 어디에 있는 거야?

**브리히다** 보세요.

이 발코니로 와서 보세요.

그러면 아가씨께서는 수녀원에서 벗어나

돈 후안님의 별장에 온 걸

이해하실 거예요.

**도냐 이네스** 이 별장이 돈 후안님의 것이라고?

**브리히다** 이제 아가씨 것도 되죠.

**도냐 이네스** 브리히다, 자네의 말이
이해되지 않아.

**브리히다** 들어보세요.
아가씨께서는 수녀원에서
매우 열정적으로
돈 후안님의 편지를 읽고 있었어요.
그때 삽시간에
굉장한 화재가 나버렸지요.

**도냐 이네스** 에구머니!

**브리히다** 그 불길은 거대하고 무시무시했지요.
연기는 또 너무도 자욱해서
공기가 닿을 수 없었고요.

**도냐 이네스** 기억이 나지 않는데…….

**브리히다** 우리 둘은 편지를 읽느라고
우리들의 목숨을 잊고 있었죠.
아가씨는 읽고 저는 들으면서 말예요.
그 편지는 진정 너무도 눈물겨워
우리 둘 다 속으로 느끼고 있던
고통을 그 편지 때문이라고 생각했답니다.
이제 거의 숨을 쉴 수 없게 되었고,
불길은 우리 침대까지 옮겨 붙었지요.

우리가 질식하려고 할 때
아가씨를 사모하여 수녀원을 배회하던
돈 후안님께서 바람으로 인해
그 파괴적인 불길이 거세지는 것을 보고
전대미문의 용기를 내어
들어오기에 가장 좋은 곳을 통해
우리들을 구하러 들어오셨어요.
아가씨는 그분이 그렇게 갑자기
수녀원 방으로 들어오시는 것을 보고
기절해 버리셨어요……. 확실해요.
예상했던 바였죠.
그리고 그분은 아가씨께서 쓰러지는 것을
보시고는 자기 팔로 아가씨를 안고는
도망치셨어요. 저는 그분을 따라갔고요.
그분은 불길로부터 우리를 구하신 거죠.
이 시간에 우리가 어디로 가겠어요?
아가씨는 계속 실신해 있고
저는 거의 질식할 지경이었는데.
그때 그분이 "동이 틀 때까지
자네와 아가씨를 내 집에 모시겠네"라고 하셨죠.
그래서 우리가 이곳에 있는 거예요, 도냐 이네스.

도냐 이네스　그래서 여기가 그분의 집이라고?

브리히다　네.

도냐 이네스　정말로 아무것도 기억이 나지 않아.
하지만……, 그분의 집이라니!
오! 당장 여기서 나가자……. 나는
아버지의 집이 있잖아.

브리히다　아가씨 의견에 동의해요.
그러나 일이…….

도냐 이네스　뭐라고?

브리히다　우린 갈 수가 없어요.

도냐 이네스　그런 말을 들으니 이상하군.

브리히다　우리는 세비야에서 멀리 떨어져 있어요.

도냐 이네스　누가 그랬지?

브리히다　이걸 보세요. 과달키비르 강이에요.

도냐 이네스　우리가 세비야 시에 있는 게 아냐?

브리히다　이곳은 세비야 성 밖에서
1레구아[1] 떨어진 곳이에요.

도냐 이네스　오, 길을 잃었군!

브리히다　정말 저도 어떻게 하다 그렇게 되었는지 모르겠어요!

---

1　1레구(legua)는 약 5.5km이다.

도냐 이네스 브리히다, 자네는 나를 혼란스럽게 하고 있어…….
이 벽 사이에서 자네가
내게 던지고 있는 이 그물들이 뭔지도 모르겠어.
난 그게 두려워.
난 한번도 수녀원 밖으로 나온 적이 없어
바깥세계의 관습들에 대해서도 몰라.
그러나 명예는 지니고 있지.
브리히다, 난 귀족이야. 그리고
돈 후안의 집이 내게
좋은 장소가 아니라는 것도 알아.
내가 알지 못하지만 어떤 초조함이
그걸 내게 말해주고 있어.
이리 와, 도망가자.

브리히다 도냐 이네스,
그분이 아가씨를 살려주었어요.

도냐 이네스 그래, 하지만 내 마음에 독을 탔지.

브리히다 그럼, 아가씨는 그분을 사랑하나요?

도냐 이네스 모르겠어, 그런데 제발
그분에게서 벗어나자고.
내 마음이 그분의 이름을 따라
내게서 달아나버렸어.

아! 자네가 그분의 손으로 쓴
편지를 내게 주었지.
그런데 그 편지 안에
어떤 사악한 마력도 넣어 내게 준 거야.
창문을 통해 단 한 번
그분을 보았는데, 자네는
그분이 나 때문에
그곳에 있는 거라고 말했었지.
브리히다, 자네는 항상
그분에 대해 말하려고 내게 왔었어.
나로 하여금 그분의 매혹적인 기품을
기억하게 하면서 말이야.
자네는 내 아버지에 의해서
그분이 내 사람이 되도록
운명지어졌다고 했었지…… 그리고
나를 사랑하는 그의 이름으로
맹세도 했어.
그분을 사랑하느냐고 물었나?
자, 만일 이것이 사랑이면, 그래 난 그를 사랑해.
하지만 이 열정으로 내가
나 스스로의 명예를 떨어뜨리는지도 모르겠어.

만일 그 연약한 마음이
나를 벗어나 돈 후안의 뒤를 따라간다면
내 명예와 내 의무는
그 마음으로부터 나를 잡아 끌어당기고 있지.
그러니, 그분이 오시기 전에
가세나, 여기서 벗어나세나.
만일 내 곁에 있는 그분을 보게 되면
내가 용기를 못 낼지도 모르겠어.
가자, 브리히다.

**브리히다** 잠깐만요.
안 들리세요?

**도나 이네스** 뭐가?

**브리히다** 노 젓는 소리요.

**도냐 이네스** 그래, 말 한번 잘했어.
배를 타고 세비야 시로 돌아가세나.

**브리히다** 저길 보세요, 도냐 이네스.

**도냐 이네스** 말해봐……, 출발하자고.

**브리히다** 이제 떠나는 건 불가능해요.

**도냐 이네스** 무슨 이유로?

**브리히다** 저 거룻배로
강을 가로질러 오시는 분이

그분이시기 때문이죠.

**도냐 이네스** 아! 하느님, 제게 힘을 주세요!

**브리히다** 도착했어요. 이제 뭍에 닿았어요.
그의 하인들이 우리를 집에 데려다줄 거예요.
하지만 떠나기 전에 적어도
돈 후안님께는 작별인사를 해야겠죠.

**도냐 이네스** 그럴지도 모르지. 하지만 즉시 가세나.
그분을 다시 보고 싶지 않아.

**브리히다** (면전에서 그분을 보면 눈을 돌리게 될거예요.)
가시죠.

**도냐 이네스** 가자고.

**시우티** (안으로 들어와서) 여기에 있습니다.

**돈 후안** (안으로 들어와서) 불을 밝혀라.

**브리히다** 우리를 찾는군요!

**도냐 이네스** 그분이야.

## 제3장

도냐 이네스, 브리히다, 돈 후안

**돈 후안** 어딜 가십니까, 도냐 이네스?

**도냐 이네스** 돈 후안, 가도록 허락해주세요.

**돈 후안** 떠나시도록 허락해달라고요?

**브리히다** 나리, 기사단장께서
화재 사건을 아시고
따님 때문에 안절부절못하실 것입니다.

**돈 후안** 화재라고! 아! 돈 곤살로에
대한 염려는 마시오.
제가 전갈을 보내
편히 주무시도록 했습니다.

**도냐 이네스** 아버님께 말씀을 드렸다고요……?

**돈 후안** 당신이 제 보호 하에
안전하게 있으며 이제 자유롭게 되어
들의 가볍고 순수한 산들바람 같은
숨을 쉬고 있다고 했습니다.
그러니 진정하시오, 내 생명이여!
이곳에서 편히 쉬시며 잠시 동안
그 수녀원의 어두침침하고 서글픈
감옥을 잊으시구려.
아! 사랑의 천사여,
이 한적한 강가에서
달빛은 더욱 순수하게 빛나고

호흡은 더 신선해지는 것 같지 않나요?
이 상쾌한 강가에 피어 있는
들꽃들의 소박한 향기로
가득 차 있는 이 산들바람과
낮 동안 노래하며 기다리던
저 고기잡이배가 두려움 없이 건너는
저 맑고 잔잔한 물결이
사랑을 발산하고 있지 않나요?
내 비둘기여.
꽃이 만발한 수천 올리브숲 사이에서
바람이 거두어들이는 저 조화,
부드러운 호흡으로 흔드는 저 조화와
그 숲에 사는 종달새의 지저귀는
달콤하디 달콤한 목소리,
날이 밝아왔음을 알리는 그 목소리가
사랑을 발산하고 있지 않나요?
내 사슴이여.
돈 후안의 입술을 기다리다 못한
당신 마음에 냉담하게
받아들여지고 있는 이 언어들,
그 생각들은 그 마음속에서

아직 불붙지 않은
피어나는 불꽃을 일으키고 있는데, 이 언어들이
사랑을 발산하고 있지 않나요?
내 별이여.
당신의 빛나는 두 눈동자에서
조용히 떨어지며
마시라고 나를 초대하는
그 두 촉촉한 진주 같은 눈물은
자신의 열기로
사라지는 것을 볼 수 없도록,
원래의 당신 얼굴에는 없던
상기된 빛깔과 함께
사랑을 발산하고 있지 않나요?
내 아름다운 여인이여.
오! 그래요, 아름답디 아름다운 이네스여,
내 두 눈의 빛과 거울이여.
당신이 지금 하는 것처럼
화를 내지 않고 내 말을 듣는 것이
바로 사랑입니다.
굴복하리라 생각지 않았던
이 못난 마음의

오만함이
당신 사랑의 노예가 됨을 찬양하며
여기 당신 발 아래 있는 것을 보시오.
내 생명이여.

**도냐 이네스** 오! 돈 후안, 제발 그만두세요.
저는 한번도 느껴보지 못한 이런 열정을
죽지 않고는
오랜 시간 동안 견디지 못할 겁니다.
아! 부디 그만두세요.
당신의 말을 들으면
제 머리는 미쳐버리고
제 가슴은 불타오르는 것 같아요.
아! 당신은 나로 하여금 아무 의심 없이
지독한 사랑의 미약을 마시게 했어요.
그 약은 당신을 도와
여인의 미덕으로 하여금 당신에게 굴복하게 했지요.
돈 후안, 아마도 당신은
저항할 수 없는 자석처럼
나를 비밀스럽게 당신에게로 끌어당기는
신비한 부적을 가지고 있겠죠.
아마도 사탄이 당신에게

당신의 그 매혹적인 시선과
당신의 그 유혹적인 언어와
하느님을 거부하는 사랑을 주었을 겁니다.
그런데 당신이 내 마음을 조각조각 만들어
여기서 훔쳐가고 있는데
당신의 팔에 안기는 것 말고
난 무엇을 해야 하죠? 아, 불쌍한 이 몸!
아네요, 돈 후안, 당신을 거부하는 것은
이제 내 힘 밖의 일이에요.
강물이 흘러 바다로 빨려가듯
나는 당신에게로 갑니다.
당신의 모습은 내 이성을 잃게 하고
당신의 언어는 나를 현혹시키고
당신의 눈은 나를 황홀케 하고
당신의 호흡은 나를 중독시킵니다.
돈 후안! 돈 후안! 당신의 기품 있는
동정심에 호소하오니
내게서 이 마음을 가져가시든가
나를 사랑해주세요. 전 당신을 사모하니까요.

**돈 후안** 내 영혼과도 같은 이여! 그 말은
내 존재의 양식을 바꾸어

내게 에덴동산이 열리게
해주는구려.
도냐 이네스, 내게 이 사랑을 심어놓은 건
사탄이 아닙니다.
그건 하느님이십니다. 그분은 아마도
당신 스스로를 위해
당신의 배필로 나를 얻기를 원하셨을 겁니다.
지금 죽을 것 같은
나의 이 마음속에 있는 사랑은
지금까지 내가 느꼈던 것과 같은
속된 사랑이 아닙니다. 아니고말고요.
이 사랑은 아무런 바람이나 끌 수 있는
그런 덧없는 불꽃이 아닙니다.
그것은 보이는 대로
거대하게 먹어치우는 화염입니다.
그러니 당신의 불안을 거두시오,
아름답디 아름다운 도냐 이네스여.
왜냐하면 당신의 발 아래서라면
아직도 내가 선해질 수 있음을 느끼기 때문입니다.
그래요, 선하신 기사단장님 앞에
내 오만함을 굴복시키겠습니다.

그분은 당신의 사랑을 내게 허락하든지
나를 죽이시든지 하시겠죠.

도냐 이네스 내 가슴속에 있는 돈 후안이여!

돈 후안 쉿! 들었나요?

도냐 이네스 뭘요?

돈 후안 맞아요, 이 발코니 아래
배 한 척이 닿았어요.
복면을 한 한 사람이 그 배에서
뛰어내리는군……. 브리히다,
즉시 다른 방으로 가게나.
그리고 아름다운 이네스여, 용서하시오.
나 혼자 있는 것이 나을 듯하오.

도냐 이네스 오래 걸리겠어요?

돈 후안 금방이면 될 거요.

도냐 이네스 우리는 아버지를 뵈어야 해요.

돈 후안 그래요, 동이 트는 대로 그렇게 합시다.
안녕히.

## 제4장

돈 후안, 시우티

**시우티** 나리.

**돈 후안** 무슨 일인가, 시우티?

**시우티** 저기서 복면을 한 어떤 자가
끈덕지게 나리를 뵙겠다고 합니다.

**돈 후안** 누군데?

**시우티** 나리 외에는
밝힐 수 없다는 데요.
그리고 매우 위급하고
자기와 나리의 목숨이
달린 일이라고 합니다.

**돈 후안** 그에게서 어떤 표시나
낌새를 알아내지 못했는가?

**시우티** 전혀요.
그런데 단호하게 나리를 뵈러 왔더군요.

**돈 후안** 동행이 있는가?

**시우티** 배의 뱃사공들 외에는 없습니다.

**돈 후안** 들어오라고 하게.

## 제5장

돈 후안 그리고 시우티와 복면을 한 돈 루이스는 나중에 나타난다.

**돈 후안** 생명을 건다고……!
그런데 혹시 내 뒤를 밟아
내 별장에까지 따라온
악당이 아닐까?
그렇다면 혹시 모르니
허리에 무기를 차고 있어야겠군.
(그는 허리에 칼을 차고 벨트에 두 자루의 권총을 차는데 이 권총들은 제3장에서 그가 밖에 나갈 때 탁자 위에 놓았던 것이다. 곧 시우티가 돈 루이스를 데리고 나오는데 돈 루이스는 눈까지 복면을 하고 돈 후안과 독대하기를 기다린다. 돈 후안은 시우티에게 물러나라는 신호를 보내고 시우티는 나간다.)

## 제6장

돈 후안, 돈 루이스

**돈 후안** (좋은 안색으로) 잘 오셨소이다,

|  |  |
| --- | --- |
|  | 기사 양반. |
| **돈 루이스** | 잘 계시는구려, 주인장. |
| **돈 후안** | 걱정하지 말고<br>말해보시오. |
| **돈 루이스** | 난 한번도 걱정해본 적이 없소이다. |
| **돈 후안** | 그럼, 말하시오. 무엇 때문에<br>그런 열망을 품고 이 시간에 오시었소? |
| **돈 루이스** | 돈 후안, 자네를 죽이러 왔네. |
| **돈 후안** | 그럼, 자네는 돈 루이스로군. |
| **돈 루이스** | 양심이 그대를 속이진 않았군.<br>시간을 아끼세, 돈 후안.<br>우리 둘은 이 땅에<br>함께 살 수가 없네. |
| **돈 후안** | 메히아 군, 결국<br>내가 내기에서 자네를 이겼기 때문에<br>우리가 나가서 결투를 함으로써<br>이 축제를 끝내기를 원하는 건가? |
| **돈 루이스** | 옳은 말이네.<br>우리는 그 내기에 생명을 걸었네.<br>그리고 그 값을 지불할 때지. |
| **돈 후안** | 같은 생각이네. |

그런데 내기에서 진 건 자네라는 것을
분명히 밝혀두는 바이네.

돈 루이스 그래서 자네에게 목숨을 가져온 것 아닌가.
그러나 허리에 칼을 찬
기사는 절대로 주인에 의해
도살장으로 끌려가는
짐승처럼
그렇게 죽을 수는 없는 법.

돈 후안 자네가 나를
공식적인 백정으로 여길 구실을
찾아내지 못하리라고는
나 역시 생각하지 않았네.

돈 루이스 절대로 그렇지가 않네.
내가 자네를 찾아왔고
자네를 아주 신뢰하고 있다는 걸 보지 않는가.

돈 후안 자네 능력 이상은 하지 말게.
그리고 내 고결한 관대함을
잘 드러내기 위해, 메히아여,
내가 아직도 자네의 명예를
만족시켜줄 수 있는지 말해보게나.
난 내기에서 정당하게 승리했네.

그런데 자네가 그토록 괴로워하는 것을 보니
해결책이 있는지 보게나. 그걸 허락하겠네.

**돈 루이스** 돈 후안, 자네에게 제안한 것 이상은 없네.
자네는 내 손발을 묶고
내 자리를 빼앗으며
그 집에 침입했네.
그리고 도냐 아나를 취하기 위해
나를 가장했으니
승리한 것은 자네가 아니네, 돈 후안,
왜냐하면 자네는 다른 이의 역할을 했기 때문이야.

**돈 후안** 그것은 내기를 위한 책략이었네.

**돈 루이스** 난 자네의 그 책략을 그냥 두고 싶지 않네.
그러니 이제
심장을 건 내기를 하세나.

**돈 후안** 그럼 자네는 도냐 아나 데 판토하에 대한 복수로
생명을 걸겠단 말인가?

**돈 루이스** 그렇다네. 그리고 그 흉측한 오명을 씻어내는 데
시간을 지체한다면 나를 화나게 하는 걸세.
돈 후안, 그렇다네. 난 그녀를 사랑했네.
그러나 그대가 저지른 일로 인해
자네가 그녀를 차지하는 것이나

내가 그녀를 차지하는 것이 불가능해졌네.

돈 후안 그럼 왜 그녀를 내기에 걸었는가?

돈 루이스 자네가 내기에 이길 줄
몰랐었기 때문이네.
그리고…… 자, 이제 결투를 벌이세나.
견딜 수가 없군.

돈 후안 강기슭으로 내려가세.

돈 루이스 여기서 하세.

돈 후안 멍청하긴.
이 방에서 결투를 하면
이긴 자를 경찰이 체포할 거라는 걸 모르는가?
자네는 배 한 척을 가지고 왔지?

돈 루이스 그렇다네.

돈 후안 그럼 이겨서 남는 자가 그 배를 타고
세비야 시로 돌아가기로 하세.

돈 루이스 그게 낫겠군.
그럼 나가세.

돈 후안 잠깐.

돈 루이스 무슨 일인가?

돈 후안 뭔가 소리를 들은 거 같네.

돈 루이스 시간을 허비하지 마세나.

## 제7장

돈 후안, 돈 루이스, 시우티

**시우티** 나리, 목숨을 구하십쇼.

**돈 후안** 무슨 일인가?

**시우티** 기사단장이 무장한 군사들을 이끌고
도착했습니다.

**돈 후안** 들어오시게 하라.
단 그분만 오시도록 말이다.

**시우티** 그러나 나리…….

**돈 후안** 시키는 대로 하라니까.
(시우티는 나간다.)

## 제8장

돈 후안, 돈 루이스

**돈 후안** 돈 루이스,
자네가 내 집에 옴으로써
나를 신뢰한다는 것을 보였고
내 용기는 자네가 아는 바이니

잠시만 나를 기다려달라고
간청하기를 머뭇거리지 않겠네.

**돈 루이스** 그토록 악명을 떨치는
자네의 용기에는 이의를 단 적이 없네.
그러나 자네를 신용하는 건 아냐.

**돈 후안** 테노리오와의 내기는
두 가지가 아니었던가.
그리고 그 둘 다 이겨놓았네.

**돈 루이스** 자네가 동시에! ……

**돈 후안** 그렇다네.
수녀원의 예비수녀가 이곳에 있다네.
그리고 그럴 자격이 있는 이가
돈 후안에게서 그녀를 요구하러 왔네.
자네가 나를 죽일 수도 있다면
목숨이 위태로운 내 뒤에
처리할 문제를 남겨둘 수는 없지 않은가.

**돈 루이스** 그러나 일을 방해할 수 있는 이를
우리 둘 사이에 끼어들게 하는 것은…….

**돈 후안** 말해보게.

**돈 루이스** 결투를 회피하려는 것일 수도 있지.

**돈 후안** 불쌍한 녀석! …… 돈 후안을

의심할 수 있는 건 자네뿐이네.
빌어먹을, 그런데 여기 좀 들어가 있게.
복수하려고 그렇게 열내지 말게.
저 사람과의 일이 해결되면,
돈 루이스, 내 이름을 걸고 말하는데
우리는 즉시 결투를 할걸세.

**돈 루이스** 하지만…….

**돈 후안** 제기랄! 여기 들어가 있으래도.
아직도 내 안에는
자네를 만족시킬 만큼
지겹도록 충분한 기품이 있단 말이네.
여기서 보고 들으시게나.
자네는 출입이 자유롭지 않은가.
만일 내 행동이 수상쩍다면
자네 편할 대로 하게나.

**돈 루이스** 좋네, 만일 자네가 허튼짓만 않는다면
협조하겠네.

**돈 후안** 내가 허튼짓을 할지 안 할지 생각해보게.
그러나 제기랄!
모든 것을 할 시간이 충분하지 않은가.

(돈 루이스는 돈 후안이 안내하는 방으로 들어간다.)

이제 올라오는군. (돈 후안이 귀기울인다.)

**돈 곤살로** (안으로 들어와서) 어디에 있는가?

**돈 후안** 그로군.

## 제9장

돈 후안, 돈 곤살로

**돈 곤살로** 그 악당은 어디에 있는가?

**돈 후안** 여기 있습니다, 기사단장님.

**돈 곤살로** 무릎을 꿇고?

**돈 후안** 그리고 당신의 발 아래 있습니다.

**돈 곤살로** 그대는 그대의 범죄행각에 있어서까지도
비열하도다.

**돈 후안** 노인장, 혀를 거두시고
잠시만 제 말을 들어주십시오.

**돈 곤살로** 네 손이 이 편지에 쓴 것을
지우는 것 말고
네 혀에 무엇이 있겠느냐?
비열한 놈, 이 글자들이 가지고 있는 독을
경계할 줄 모르는 아이의

순진한 천진난만함을
우롱하려 들다니!
그 애의 순수한 영혼에
못되게도, 미덕도 믿음도 없는
네 쓴 물에서 넘쳐나는
고뇌를 뿌려놓다니!
마치 장사치가 처분해버리려는
누더기처럼,
이런 식으로 내 공적의
높은 명예를 더럽히려 하다니!
테노리오, 이것이 네가
뻐기고 다니는 용기냐? 이것이
속인들로 하여금 너를 두렵게 만드는
그 유명한 대담함이냐?
너는 노인들과 처녀애들을 상대로
그 대담함을 표현하느냐?
그렇다면 무엇을 위해서냐?
맙소사! 용기와 명예가 없음을
동시에 보이면서,
이렇게 노인네의 발을
핥으려고 그랬느냐.

돈 후안 기사단장님!

돈 곤살로 불쌍한 놈,
너는 내 딸 이네스를 수녀원에서
빼내었다. 그래서 나는
네 목숨 아니면 내 행복을 위해 온 것이다.

돈 후안 한번도 한 남자에게
내 꼿꼿한 목을 숙인 적이 없습니다.
또한 한번도, 제 아버님께도 또 황제폐하께도
간청해본 적이 없습니다.
그런데 당신의 발 아래 당신이 보시는 것과
같은 자세로 이렇게 무릎을 꿇고 있습니다.
돈 곤살로, 제 말에
까닭이 있음을 고려해주십시오.

돈 곤살로 네가 가지고 있는 것은
내 정의로움에 대한 두려움뿐이다.

돈 후안 맙소사!
기사단장님, 제 말을 들어주십시오,
그렇지 않으면 전 스스로를 통제하지 못하고
늘 그래왔던 그런 과거의 사람,
지금은 그렇게 되고 싶지 않은 그 사람이 될 겁니다.

돈 곤살로 망할 놈!

돈 후안 기사단장님,
저는 도냐 이네스를 몹시 사랑합니다.
저는 하늘이 제 행적을
선善의 길로 바로 가도록 하기 위해
그녀를 제게 허락했음을 믿습니다.
그녀 안에 있는 아름다움을 사랑했던 것이 아닙니다.
그녀의 부드러움을 사모했던 것도 아닙니다.
제가 사모하는 것은 그녀가 가지고 있는
덕성입니다, 돈 곤살로.
재판으로 인한 투옥도
주교님들의 설교도
제게 할 수 없었던 것을
그녀의 천진함은 할 수 있었습니다.
그녀의 사랑은
제 존재를 새롭게 하며
저를 다른 사람으로 만들었습니다.
그녀는 악마였던 자를
천사로 만들 수도 있습니다.
그러니, 돈 곤살로
당신의 발 아래 무릎을 꿇고

저 겁 없는 돈 후안이
당신께 드릴 수 있는 것에
귀를 기울여주십시오.
저는 따님의 노예가 되어
당신 집에서 살겠습니다.
당신께서는 제게
"이래야 한다"고 말씀하시며
제 재산을 소유하실 것입니다.
당신께서 지시하시는 시간에
저는 집에 있을 것입니다.
제 대담함이나 오만함에 대해
당신께서 요구하시는 증거들을
당신께서 제게 명령하시는 방법으로
공손하게 보여드리겠습니다.
그리고 당신이 제가
그녀의 배필의 자격이 된다고 판단하실 때
저는 그녀의 좋은 남편이 될 것이고,
그녀는 제게 에덴동산을 줄 것입니다.

**돈 곤살로** 그만하라, 돈 후안.
너의 악명 높은 불손함에서 나오는
그토록 서투른 말을 들으면서

어떻게 나 자신을
제어해야 할지 모르겠구나.
돈 후안, 위험한 상황에
처하게 되면 너는 겁쟁이가 되는구나.
그리고 성공하기 위해
너는 어떤 종류의 비열함도 개의치 않는구나.

**돈 후안** 돈 곤살로!

**돈 곤살로** 나는 내 발 밑에 이렇게 있는
너를 바라보는 것이 부끄럽구나.
네가 내기한 것을 위해
억지로 청원하는 너를 보는 것이 말이다.

**돈 후안** 모든 것이 이렇게, 단번에
해결됩니다, 돈 곤살로.

**돈 곤살로** 안 돼, 절대로 안 돼! 네가 그 애의 남편이라고?
먼저 그 애를 죽여버리겠다.
자, 즉시 그 애를 내게 데려오라.
그러지 않으면 하는 수 없이
그 비열한 자세를 취한
네 가슴을 칼로 베어버리겠다.

**돈 후안** 돈 곤살로, 잘 보십시오.
당신은 그녀와 함께

아마도 내 구원에 대한
희망마저 잃게 만들 것입니다.

**돈 곤살로** 돈 후안, 네 구원과 내가
무슨 상관이 있단 말이냐?

**돈 후안** 기사단장님, 당신은 나를 화나게 하는군요.

**돈 곤살로** 내 딸은 안 된다.

**돈 후안** 잘 생각하십시오.
저는 제가 할 수 있는 모든 방법으로
당신을 만족시켜드리려 했습니다.
허리에 무기를 차고서도
당신의 모욕을 견뎠습니다.
당신 발 밑에 무릎을 꿇고
화평을 제의하면서 말입니다.

## 제10장

이전 인물들, 조롱의 너털웃음을 터뜨리는 돈 루이스

**돈 루이스** 잘하는군, 돈 후안.

**돈 후안** 이런!

**돈 곤살로** 저자는 누구냐?

돈 루이스　　녀석의 두려움의 증인이자,
기사단장님, 당신의 친구이지요.

돈 후안　　돈 루이스!

돈 루이스　　돈 후안, 그대의 거만한 용기로
어떤 방법을 쓸 수 있는지를
난 충분히 보았네.
위기상황에서는 겸손하고
뒤에서 공격하는 자는
훔치고 도망가는
도적만큼이나 비열한 놈이지.

돈 후안　　뭐가 더 있는가?

돈 루이스　　하느님의 지고하신 분노가,
자네가 바라보듯이,
도냐 이네스의 아버지와
도냐 아나의 복수를 하려는 이를 모이게 했네.
같은 시간에 도착하여
여기서 자네를 기다리는 최후를 보게나
이 안에는 그의 복수가
그리고 저 바깥에는 정의가 있지 않은가.

돈 곤살로　　오! 이제 알겠군……. 그대는 그……?

돈 루이스　　저는 돈 루이스 메히아입니다.

당신의 복수를 위해 같은 시간에
하느님께서 저를 당신에게 보내셨지요.

**돈 후안** 그런 식의 고문은 이제 그만들 하시오!
재산과 명예로도
당신들에게 내 솔직한 희생에의
용기를 보일 수도 또 줄 수도 없다면,
최선을 다하는
진정한 간청을, 제기랄,
두려움 때문으로 받아들이고
내 미덕을 조롱한다면,
당신들이 내게 주는 것을
즉시 그리고 단호하게
받아들이겠습니다.
내가 당신들이 의심하는 용기를 지닌
테노리오 가문의 사람임을 증명하기 위해서 말이오.

**돈 루이스** 그러게나. 그리고 우리들의 발 아래 엎드리게.
적어도 대단한 용맹함으로 인해
자네에게 갈채를 보냈던
그 명성에 어울리도록 말일세.

**돈 후안** 그럼, 악마가 이기리라.

우요아님, 당신은 이렇게
제 영혼을 다시 사악함에 잠기게 합니다.
하느님께서 심판하러 저를 부르실 때
제 대신 대답해주십시오.

(돈 곤살로에게 총을 쏜다.)

**돈 곤살로** 살인자!

**돈 루이스** 그리고 자네, 분별없는 자여,
자네가 나를 비열한 도적으로 불렀는데,
자네 말이 옳다는 것을 증명해보게.
난 얼굴을 마주 보며 자네를 죽여버리겠네.

(돈 후안은 돈 루이스와 싸운다. 그리고 돈 루이스를 칼로 찌른다.)

**돈 루이스** 이런!

**돈 후안** 메히아여, 그대의 맹목적인 믿음은
늦게도 하늘로 가는군.
그런데 내 잘못은 아니다.
그러나 심판이 임하여
진실로 내가 누구였는가를 보게 될 것이다.

**시우티** (안에서)
돈 후안님.

**돈 후안** (발코니로 나가서)

누구냐?

**시우티** (안에서) 여기요.

도망가세요.

**돈 후안** 누가 오는가?

**시우티** 네.

뛰어 내리세요.

**돈 후안** 간다.

난 하늘에 탄원했건만 하늘은 내 말을 듣지 않고

문을 닫아버렸구나.

이 땅에서의 제 행동에 대해

하늘이 책임을 지십시오. 저는 책임이 없습니다.

(돈 후안은 발코니로 몸을 던진다. 그가 강물에 떨어지는 소리가 들리고 동시에 노 젓는 소리가 떠나가는 배의 속도를 알려준다. 방문을 두드리는 소리가 들리고 잠시 후 경찰과 군인들이 들어온다.)

## 제11장

순찰대, 군인들, 이후 도냐 이네스와 브리히다

**순찰대 1** 총소리가 이곳에서 났어.

순찰대 2 아직도 연기가 있구먼.

순찰대 1 이런, 맙소사!

여기 시체가 한 구 있네.

순찰대 2 둘이야.

순찰대 1 죽인 자는 어디 됬지?

순찰대 2 저기에.

(그들은 도냐 이네스와 브리히다가 있는 방문을 열고 그녀들을 무대로 데려온다. 도냐 이네스가 자기 아버지의 시체를 알아본다.)

순찰대 1 여자 둘이로군!

도냐 이네스 아! 끔찍하구나,

아버지!

순찰대 1 그녀가 그의 딸이라니!

브리히다 그렇소.

도냐 이네스 아! 어디에 계세요, 돈 후안,

여기 이런 고통 가운데 있는 저를 잊으셨나요?

순찰대 1 그가 이분을 죽였소.

도냐 이네스 에구머니나!

이것이 나를 기다리던 운명이었단 말인가?

순찰대 2 틀림없이 그 악마는

여기를 통해 강물로 뛰어들었을거야.

**순찰대 1** 저들을 봐……. 놈들이
이탈리아식 쌍돛대 범선에 오르고 있군.

**모두** 도냐 이네스를 위해 심판하라!

**도냐 이네스** (쓰러져 무릎을 꿇으면서)
그러나 돈 후안이 다쳐선 안 돼.

# 제2부

# 제1막

## 도냐 이네스의 그림자

**등장인물**

돈 후안
센테야스 대위
돈 라파엘 데 아베야네다
어느 조각가
도냐 이네스의 그림자

테노리오 가家의 영묘靈廟. 무대는 화려한 묘지를 재현하고 있는데 이 묘지는 정원 모양으로 아름답게 가꾸어져 있다. 첫 번째 지대에는 돈 곤살로 우요아, 도냐 이네스, 돈 루이스 메히아의 무덤이 떨어져 자리를 잡고 있고 무덤들 위에는 그들의 석상들이 보인다. 오른쪽에 돈 곤살로의 무덤이 있는데 그의 석상은 무릎을 꿇고 있고, 왼쪽에는 돈 루이스의 무덤이 있는데 그의 석상 역시 무릎을 꿇고 있다. 중앙에는 도냐 이네스의 무덤이 있는데 그녀의 석상은 서 있다. 두 번째 지대에는 다른 두 무덤이 적당히 자리를 잡고 있고, 높은 곳에 있는 세 번째 지대에는 묘지를 만든 디에고 테노리오의 무덤과 석상이 있는데 거기에서 무덤들의 배경이 끝난다. 비문과 묘구덩이로 가득 차 있는 담 하나가 지평선까지 그 광경을 둘러싸고 있다. 도냐 이네스의 무덤 양옆에는 두 그루의 수양버들이 무대 세트가 요구하는 분위기를 순조롭게 맞출 준비가 돼 있다. 모든 종류의 꽃들과 사이프러스 나무들이 장식을 아름답게 하는데, 그 장식은 전혀 무섭지 않아야 한다. 사건은 어느 차분한 여름밤에 일어나는 것처럼 여겨지고 아주 환한 달빛이 밝혀주고 있었다.

## 제1장

떠날 준비를 하는 조각가

**조각가** 자, 나리, 이제 다 됐습니다.
제가 보기엔, 선하신 돈 디에고의 영혼이
매우 평온하고 만족스럽게
쉴 수 있게 되었군요.
작품은 당신의 마지막 뜻이
세상에 부탁한 것처럼
그렇게 화려하게
끝났습니다.
죽어갈 모든 부호들은
이제 살아남은 자들이
이번처럼 자기들의 뜻을
이뤄주기를 바라겠지요!
그런데 벌써 떠날 시간이 됐군.
이제 모든 것이 정돈됐고

날이 밝아오니
세비야를 떠나야지.
아! 내 손이 정성을 들여
다듬어놓은 대리석들아!
내일은 세비야 사람들이
넋을 잃고 그대들을 바라보리라.
그리고 이 영묘靈廟의
거대한 규형미를 바라보면서
여러 세대들이
우리 세대를 존경하리라.
그러나 세월이 가고 오면서
그 세대들은 하나둘씩 무너지리라.
내 사후에 세상에 알려질 기억들인
그대들이 이렇게 서 있는 동안에도 말이다.
오! 내 밤샘의 결실들이여,
내가 생명을 불어넣은 바위들이여,
그대들을 위해 내가
하늘의 변덕스러운 날씨에 맞섰노라.
그대들의 모양을 만들고 존재하게 한 이는
이제 그대들을 못 보게 될 것이다.
그대들은 나보다 더 오래 살지니

예술가로서의 내 영광을 지키라!
그런데 누가 오는 거지?

## 제2장

그 조각가, 변장을 하고 입장하는 돈 후안

**조각가** 기사님…….

**돈 후안** 하느님께서 당신을 보호하시길.

**조각가** 죄송합니다만,
이제 시간이 너무 늦었는데요…….

**돈 후안** 잠깐만 기다려주시오.
당신의 설명을 듣고 싶으니…….

**조각가** 혹시 외지인이신가요?

**돈 후안** 여러 해 동안이나
스페인을 떠나 있었소.
그래서 내가 떠날 때와는
너무도 달라진
이곳의 울타리를 보니
시간의 흐름이 기이하게 느껴지는군요.

**조각가** 그러시겠죠.

그때는 이곳이 대저택이었을 테니까요.
그런데 지금은 그 저택이 있던 자리가
영묘가 되었습니다.

돈 후안 대저택이 영묘가 되었다고!

조각가 그것이 옛 주인님의 뜻이었는데,
세상에 대단한 것을 내놓으려는
소망이었죠.

돈 후안 이런, 대단한 거라니!

조각가 그것은 제 영광이
빛지고 있는 유명한 이야기입니다.

돈 후안 그걸 내게 얘기해줄 수 있소?

조각가 그럼요. 그러나 사람들이 기다리고 있으니
간략하게만 얘기해드릴 수 있어요.

돈 후안 그럽시다.

조각가 실상을 들어보세요.

돈 후안 궁금하니 말해보시오.

조각가 이 도시에 그리고
상속받은 이 저택에
그 숭고함으로
매우 존경받는 한 분이 살았습니다.

돈 후안 돈 디에고 테노리오죠.

**조각가** 바로 그분입니다.
이 돈 디에고께서는 아들이 하나 있었는데
그는 지옥의 망나니요,
화염보다도 천 배는 못한 자였지요.
잔인하고 피 보기를 좋아하는 그 청년은
땅과 하늘에 맞서서도 싸움을 했는데
사람들 말에 의하면 지상의 그 어떤 것도
두려워하지 않았다고 하더군요.
싸움꾼이자 난봉꾼이자
운명과의 내기를 좋아하는 그에게는
안정된 삶도,
재산도 명예도 없었습니다.
이야기는 이렇게 그를 묘사하고 있는데
만일 그가 그랬다면,
틀림없이 망자亡者께서는
명예를 얻기 위해 현명하게
일을 하신 것일 터입니다.

**돈 후안** 그분이 어떤 일을 하셨는데요?

**조각가** 자신의 전 재산을
후대 사람들을 놀라게 할 만한
영묘 만드는 일에

쓰도록 하셨지요.
그런데 그곳에
그 아들의 잔인한 손에
쓰러진 이들을 장사지내야 한다는
조건이 있었죠.
이 주변에 그 희생자들의
대부분의 무덤이 있는 걸 보세요.

**돈 후안** 그럼 혹시 당신은
무덤지기인가요?

**조각가** 이 공사를 맡은
조각가입니다.

**돈 후안** 아! 그럼 공사를 끝냈나요?

**조각가** 한 달 전에요. 하지만
이 철책들이 제자리에 잘 붙어 있는지
보려고 남아 있었지요.
누군가 이곳에 들어와
이곳의 신성함을 모독하는 것을
막기 위해서 말입니다.

**돈 후안** (둘러 보면서)
고인께서는 자신의 부富를
잘 사용하셨군요!

| | |
|---|---|
| **조각가** | 그렇습니다!<br>저기 있는 분을 보십시오. |
| **돈 후안** | 벌써 보았소. |
| **조각가** | 그분을 아십니까? |
| **돈 후안** | 예. |
| **조각가** | 모든 작품들은 그 모델들과<br>매우 흡사하고<br>양심적으로 만들어졌지요. |
| **돈 후안** | 매우 훌륭한 작품임에 틀림없습니다. |
| **조각가** | 당신은 그 사람들을<br>알았었나요? |
| **돈 후안** | 전부 다 알았지요. |
| **조각가** | 당신이 보기에 작품들이 괜찮습니까? |
| **돈 후안** | 그것들이 잘 보이도록 하는<br>반짝이는 별들의 빛에 비춰 보면<br>의심할 여지가 없군요. |
| **조각가** | 오! 달빛이 너무나도 밝아<br>마치 낮에 보는 것 같네요.<br>(돈 루이스의 석상을 가리키면서)<br>이것은 카라라[1] 산産 대리석입니다. |
| **돈 후안** | 메히야의 석상은 참으로 훌륭하군요! |

안녕하십니까! 여기 기사단장님께서도
잘 계시는군요.

조각가 나는 이 희생자들과 함께
그 살인자의 석상도
조각하기를 원했지요. 그러나
그의 초상화를
손에 넣을 수가 없었답니다.
사람들 말에 의하면 기사인
돈 후안 테노리오는
루시퍼[2]라고 하던데요.

돈 후안 아주 나쁜 자이지요!
그러나 만일 돈 후안이 이곳에 있어
말을 할 수 있다면
돈 곤살로의 석상은 그에게
돈을 주어야 할 겁니다.[3]

조각가 당신도 돈 후안을
아십니까?

---

1 대리석으로 유명한 이탈리아의 도시.

2 (편집자주) 하느님께 반란을 일으킨 천사장(天使長)으로서 사탄을 의미한다.

3 석상이나 묘지 자체가 돈 후안의 유산 명목으로 지어진 것이기에 그에게 뭔가 보답을 해야 될 것이라는 의미다.

돈 후안 잘 알지요.

조각가 그 이후로 돈 디에고는 그에게 재산을
상속시켜주지 않고 그를 버렸답니다.

돈 후안 그건 돈 후안에게는 별다른
타격을 주지 못했습니다. 왜냐하면
재산은 요람에서부터 늘
그의 뒤를 따라왔기 때문이지요.

조각가 사람들은 그가 죽었다고 합니다.

돈 후안 거짓말입니다.
살아 있어요.

조각가 어디에요?

돈 후안 여기, 세비야에.

조각가 그는 사람들의 분노를
두려워하지 않을까요……?

돈 후안 그의 용기에는
두려움의 씨도 뿌릴 수 없지요.

조각가 그러나 자기 소유였던
명문가가 이제는
다른 곳으로 변해 있는 것을 보면
세비야에 있으려 하지 않을 겁니다.

돈 후안 만일 그가 아무도 증오하지 않는다면

오히려 자기가 알던 사람들이
자기 집에 모여 있는 것을 보는
행운을 가졌겠지요.

**조각가** 당신은 그가 이곳에 오리라 생각합니까?

**돈 후안** 물론이지요. 내 생각에는,
태어난 곳에
죽으러 오는 것이 당연하다고 생각합니다.
그리고 이 사람들을 잘 매장해주기 위해
그의 재산을 빼앗았다면,
그 역시 정중하게 이곳에
묻어주는 것이 매우 옳은 일이지요.

**조각가** 그에게만이 이 영묘 출입이
금지되어 있습니다.

**돈 후안** 돈 후안은 매우 좋은 칼을 가지고 있는데
누가 그를 막을지 모르겠군.

**조각가** 아이고! 그런 모독을!

**돈 후안** 돈 후안은 원한다면
이 영묘 위에 다시
저택을 지을 수도 있는 사람이오.

**조각가** 죽은 자들에게도 그렇게 할 만큼
그자가 그렇게 대담하단 말인가요?

**돈 후안** 자기 발 밑에 무릎 꿇은 사람들에게
무슨 경의를 품어야 한단 말입니까?

**조각가** 하지만 그는 양심도
영혼도 없는 자인가요?

**돈 후안** 아마 없을 겁니다.
그가 속죄하는 목소리로
하느님을 불러본 적이
한 번 있는데
하늘은 그를
심각한 어려움에 처하게 했지요.
그래서 그는 살기 위해
두 명의 무고한 자를 죽였던 겁니다.

**조각가** 지고하신 하느님, 끔찍하군요!

**돈 후안** 하느님께서는 그를 사랑하지 않으셨다는
사실을 당신은 믿을 수 있을 겁니다.

**조각가** 알고 있습니다.

**돈 후안** 저는 당신보다도 더 잘 알지요.

**조각가** (이토록 당당하게 돈 후안 편을 들어주는
이 사람은 누구일까?)
기사 양반, 이러고 싶지는 않지만
사람들이 나를 기다리고 있어서…….

돈 후안　　그럼, 가십시오, 축하합니다.

조각가　　문을 닫아야 합니다.

돈 후안　　닫지 말고 떠나십시오.

조각가　　하지만 잘 보이지도 않잖아요?

돈 후안　　나는 잔잔한 밤을 봅니다.
그리고 밤의 신선함을 즐기기에
좋은 장소도 보고 있지요.
여기에 나는 내 마음껏 있겠소이다.
비록 세비야 전체가 반대한다고 해도 말이오.

조각가　　(이 사람 혹시 미친건 아닌가?)

돈 후안　　(석상들을 향해)
이제 내가 여기 있네, 친구들이여.

조각가　　내가 그랬지? 그는 미쳤어.

돈 후안　　그런데 맙소사, 내가 보는 게 뭐지!
내 눈의 환영인가.
이건 조각가가 여기 조각해놓은
도냐 이네스겠지.

조각가　　물론입니다.

돈 후안　　그녀 역시 죽었나요?

조각가　　사람들 말에 의하면
돈 후안에게 버림받고

다시 수녀원에 와서는
너무나 슬퍼하며 죽었다고 합니다.

**돈 후안** 그리고 이곳에 잠들어 있나요?

**조각가** 네.

**돈 후안** 당신은 그녀가 죽은 것을 봤나요?

**조각가** 네.

**돈 후안** 어땠었나요?

**조각가** 하늘에 맹세코 잠든 걸로 생각했어요!
그녀의 주검은 순결하게 아름답고
너무도 경건하여
장미빛깔과 상쾌함과 함께
그녀의 순결한 아름다움도
이곳 무덤으로 가져왔지요.

**돈 후안** 아! 죽음은 그 서툰 손으로
천사도 시기할
최상의 용모를
산산조각냈겠구나.
그녀의 대리석상은 얼마나 아름답고
또 그녀와 얼마나 닮았는가!
도냐 이네스, 누가 그대에게
생명을 돌려줄 수 있단 말인가!

이것이 당신이 끌로 조각한 작품인가요?

조각가　다른 것들처럼 그렇게 했지요.

돈 후안　이렇게 빼어난 작품은
어느 정도 이상의 가치가 있는 법이지.
받으시오.

조각가　지금 뭘 주시는 겁니까?

돈 후안　보이지 않습니까?

조각가　그러나…… 기사분…….
무슨 이유로……?

돈 후안　왜냐하면 난 당신이 나를
기억해주기를 바라기 때문입니다.

조각가　이 작품들에 대한 보수는 두둑이 받았습니다.

돈 후안　잘됐군요.

조각가　그런데 여기서 나갑시다.
아직 열쇠를 전해주지 못했습니다.
그리고 날이 밝을 때
난 이곳을 떠나야 합니다.

돈 후안　열쇠를 내게 주고
당장 떠나시오.

조각가　당신에게요?

돈 후안　그렇소, 내게. 뭘 의심합니까?

**조각가** 난 아직…….

**돈 후안** 이런, 말하십시오, 조각가 양반.

**조각가** 만일 당신이 사용하는
이름이라도 알면…….

**돈 후안** 맙소사!
선조들이 잠들어 있는 곳에서
돈 후안 테노리오가
밤을 지샐 수 있도록 내버려두시오.

**조각가** 돈 후안 테노리오!

**돈 후안** 내가 그요.
만일 열쇠를 주지 않으면 맹세코
오늘부터 당신을 당신이 만든 석상들과 함께
있도록 해주겠소이다.

**조각가** (손을 뻗어 그에게 열쇠를 주며)
받으세요. (여기서 그의 손에
내 목숨을 내놓고 싶진 않구나.
이제 세비야 사람들은 그 때문에
곤경에서 벗어나기 위해 머리를 좀 써야겠군.)
(떠난다.)

## 제3장

돈 후안

**돈 후안** 내 선하신 아버지께서 이것을 만드는 일에
내 전 재산을 쓰셨군.
잘하신 일이야. 난 언젠가는 카드놀이에
전 재산을 걸었을 거야.
내게 죽음을 당한 그대들이여
나를 탓하지 마시오.
그대들의 행복한 삶을 빼앗았지만
또 훌륭한 무덤도 주지 않았습니까.
실로 이러한 영묘를
생각해낸 것은 대단하군!
그리고 이 고독이 내 마음에
기쁨을 주는 게 느껴지는군.
아름다운 밤이야! ……아, 불쌍한 이 몸!
악명 높은 모험들에 빠져
경솔하게도 이와 같이 순수한 것들을
얼마나 많이 잃었단 말인가!
그 투명한 달의 바로 그 광채에
나는 얼마나 많은 무고한 이들의

생명과 명예를 앗아갔단 말인가!
그래, 세월이 흐르니
그 기억들이 나를 아연케 하는구나.
내 안에서 기이한 생각들이
일어나는 게 느껴지는군.
오! 혹시 내 악행으로 인해 숨쉬지 못했던
그 수호守護 그림자가
자기가 머무는 하늘로부터
나로 하여금 그런 생각들을 느끼게 하는 것은 아닐까.
(도냐 이네스의 석상으로 향하며
예의를 갖추어 그녀에게 이야기 한다.)
도냐 이네스의 영혼없는 육체가
존재하는 대리석이여,
한 슬픔에 빠진 자의 영혼이
잠시 동안 그대의 발에 엎드려 울게 하라.
수천 번의 사건을 겪으면서도
나는 그대의 모습을 간직했노라.
그리고 돈 후안의 불행이
그대를 죽게 했노라.
오늘 그대의 무덤에 오기를

얼마나 고대했는지 알아주구려.
돈 후안은 그대를 떠난 후부터
그대만을 생각했고,
이곳을 벗어난 후부터
돌아올 생각만 했다오.
돈 후안은 도냐 이네스의
행복만을 고대했다오.
이제 오늘 당신의 아름다움은 좇아
불행한 돈 후안이 돌아왔으니,
당신의 무덤을 대할 때
그의 열망이 어떨지 생각해보시오.
천진난만한 도냐 이네스여,
울며 그대 발 아래 엎드려 있는 이가
그대의 아름다운 청춘을
관 속에 묻어버렸구려.
만일 이 돌을 통해서
그토록 열렬히
그대의 아름다움을 사모했던
영혼의 쓰라림을 볼 수 있다면,
그대 무덤 옆에
돈 후안의 자리도 준비해주구려.

하느님께서는 내 행복을 위해 당신을 길러놓아,
난 당신을 위해 미덕을 생각했고,
그 숭고함을 사모했고,
그 성스러운 에덴동산을 연모했습니다.
그렇습니다. 오늘 지금까지도 내 소망은
당신에게 고정돼 있고,
돈 후안 주위에서 속삭이는
목소리 하나를 나는 듣습니다.
그리고 그 언어들로 인해
당신의 무덤에서 내 열정은
진정이 되지요.
오, 내 목숨과도 같은 도냐 이네스여!
만일 내가 늘어놓는 헛소리가
그대의 영원한 작별의
마지막 한숨이라면,
만일 그 목소리가 그대에게서 떨어져나와
높은 곳에 도달한다면,
그리고 만일 저 별들이 가는
드넓은 창공 뒤에 신이 있다면,
그대의 무덤에서 울고 있는
돈 후안을 보라고 말해주시오.

(돈 후안은 얼굴을 가리고 무덤에 기댄다. 그가 그 자세로 있는 동안 무덤에서 나온 연기가 도냐 이네스의 석상을 감춘다. 연기가 사라지자 석상도 사라진다. 돈 후안은 흥분 상태에서 돌아온다.)

이 무덤의 대리석이
내 기력을 마비시켰어.
이 주변에 초자연적인 존재가
느껴지는군.
하지만……, 맙소사! 발판에
조각이 없어졌네!
이게 뭐지? 그 석상의 모습은
내 열정의 산물이었던가?

## 제4장

도냐 이네스의 무덤 왼편에 있는 꽃들과 수양버들이 무대의 배경이 되고, 그 안의 광휘 가운데 도냐 이네스의 그림자가 보인다.

돈 후안, 도냐 이네스의 그림자

**그림자** 아녜요, 돈 후안. 내 영혼은
무덤에서 당신을 기다렸어요.

| | |
|---|---|
| **돈 후안** | (무릎을 꿇고) |
| | 도냐 이네스! 사랑하는 그림자여, |
| | 내 마음의 영혼이여, |
| | 내 생명을 그대로 두려거든 |
| | 내 정신을 빼앗아가지 말아주오! |
| | 만일 당신 모습이 거짓이라면, |
| | 단지 내 광기의 산물이라면, |
| | 넋 나간 열정을 조롱하며 |
| | 내 불행을 더하지 말아주시오. |
| **그림자** | 저는 도냐 이네스에요, 돈 후안. |
| | 무덤에서 당신 목소리를 들었어요. |
| **돈 후안** | 그럼 살아 있단 말인가요? |
| **그림자** | 당신에게는요. |
| | 하지만 나를 위해 만들어놓은 |
| | 이 대리석 안에 |
| | 저 자신의 연옥을 가지고 있어요. |
| | 당신의 부정한 영혼의 대가로 |
| | 저는 하느님께 제 영혼을 바쳤어요. |
| | 그리고 하느님께서는 당신을 사랑하는 내 열정의 |
| | 그 눈물겨움을 보시고 |
| | 이렇게 말씀하셨죠. "네 무덤에서 |

돈 후안을 기다리라.
네가 사탄의 사랑에 그토록
충실하길 원한다면,
돈 후안과 함께 구원을 받든지
그와 함께 멸망하리라.
그를 위해 밤을 지새우라. 그러나 만일
네 사랑이 잔인하게 너를 경멸하고
그가 난폭한 열정으로
그 광기와 어리석은 짓을 계속한다면,
돈 후안이 네 무덤에서
네 영혼을 데려가리라"고 말입니다.

**돈 후안** (넋을 잃고)
아마도 나는 에덴동산의 그림자들의
꿈을 꾸고 있는 걸 거야!

**그림자** 아녜요. 만일 당신이 잘 생각해보시면
당신 옆에 제가 있는 게 보일 거예요.
하지만 만일 당신이 잘못하시면,
우리의 영원한 불행을
초래할 거예요.
돈 후안, 무덤을 찾으라고
우리에게 주어진 시간이

오늘 밤이라는 사실을
분별 있게 잘 생각하세요.
그럼, 안녕. 당신이
겪을 그 어려운 싸움에서 떠오를
당신의 잠자고 있던 양심의
목소리를 들으세요.
아주 조심스럽게
그 순간의 선택을 숙고하는 건
아주 중요하기 때문이지요.
그 선택은 우리에게
피할 수 없는 선 또는 악으로
무덤의 돌을 열어줄 거예요.

(배경이 덮이고 도냐 이네스는 사라진다. 그리고 도냐 이네스의 석상을 제외하고는 모든 것이 막의 처음처럼 남겨지는데 그녀의 석상은 제자리로 돌아오지 않는다. 돈 후안은 아연실색해 있다.)

## 제5장

돈 후안

**돈 후안** 아이고! 내가 뭘 들은 거지?
이렇게 죽은 이들까지도
나 때문에 자기 무덤을 떠나다니!
그러나 그림자는 헛것이었어.
내가 내 머릿속에서 그것을 만들었던 거지.
상상력이 그것에
보여졌던 것과 같은 형체를 부여한 거야.
그리고 난 내 정신이 만들어낸
어느 존재의 현실을
맹목적으로 믿기에 이른 거지.
그러나 그 이상적인 능력을 가진
내 광적인 상상력도
이런 방법으로는 절대
내 이성을 마비시킬 수 없었지.
그래, 연기처럼 가벼운 도냐 이네스에게서
그 짙고 무성한 것을 통해서도
뭔가 초자연적인 것을 보았어.
하지만…… 쳇! 그건

그림자의 전형적인 상황이야.
꿈속의 괴물보다 더
투명하고 섬세한 것이 무엇일까?
그렇게 서서히 움직이고 유연하고
세련된 것이 어디에 더 있단 말인가?
고조된 흥분 속에서
내 상상력이
간절한 환영의
텅 빈 공허함을
실제적이고 존재하는 것으로 본 것이
수천 번도 넘지 않았던가?
그래, 젠장, 헛것이었어!
그런데 그녀의 석상은 여기에 있었는데.
맞아, 난 그걸 봤고 또 만졌지.
그리고 감동해서
조각가에게 뭔가를 주었어.
그런데 지금은 단지 납골함 위에 있는
받침돌만 보이는군!
맙소사! 내가 정신이 나갔어.
아니면 어떤 심한 현기증이
나를 갑자기 공격했거나.

그 환영이 뭐라고 말했지?
오! 그 환상이 말하는 걸 분명히 들었어.
그 슬프고 애달픈 목소리가
내 마음을 울렸었어.
아! 우리 문제를 해결하기엔
시간이 너무도 짧구나!
아냐, 아냐. 분별없는 헛것은
내 흥분 때문이야!
무덤을 열고 나온
도냐 이네스 때문에 혼란스럽군.
가서 사라져라,
가라, 내 잃어버린 사랑의
불길한 연기여,
내 실패한 소망이여!
가라, 나면서 죽어버린
어느 사랑의 공연한 환영이여!
그대의 그 소용돌이 속에
한 여인을 기억하게 하는
그 고결한 환영을
다시 내게 가져오지 말라!
아! 이 꿈들이 나를 파멸시키는구나.

내 머리는 미치고…….
그리고 이 대리석들은
흔들리며 움직이는 것 같구나!
(석상들이 서서히 움직이고 머리를 돈 후안 쪽으로 돌린다.)
그래, 그래! 석상들이 움직이는구나!
그 무형無形의 윤곽이 모습을 갖춰가는구나!
하지만 돈 후안은 겁내지 않는다.
공허한 환영들아, 덤벼라!
내 손으로 너희들을
너희들의 돌무덤에 돌려놓으리라!
아니다, 너희들의 인정머리없는 모습들은
내게 두려움을 주지 못한다.
죽은 자도, 산 자도 결코
내 용기를 꺾지 못하리라.
세상에 널리 알려진 것처럼
내가 그대들을 죽였노라.
만일 그대들이 죽어 있는 궁에서
주도면밀하고 잔인한 복수를 준비한다면,
서두르라. 여기서 다시 한번
돈 후안이 그대들을 기다리노라.

## 제6장

돈 후안, 센테야스 대위, 아베야네다

**센테야스 대위** (안에서)

돈 후안 테노리오?

**돈 후안** (다시 정신을 차리며)

이게 뭐지?

누가 또 내 이름을 부르지?

**아베야네다** (등장하면서)

(센테야스 대위에게) 누굴 봤나?

**센테야스 대위** (등장하면서)

그래, 저기 사람이 하나 있네.

**돈 후안** 누구요?

**아베야네다** 그 사람이다.

**센테야스 대위** (돈 후안에게 오면서)

기뻐서 정신을

잃을 지경이로군. 돈 후안!

**아베야네다** 테노리오!

**돈 후안** 물러서라,

망령된 그림자들아!

**센테야스 대위** 삼가게,

돈 후안…….
지금 자네 앞에 있는 이들은
그림자가 아니라 사람이라네.
게다가 자네의 우정을
가슴속에 가지고 있는 이들이라네.
우리는 별빛으로 자네를 알아보고,
자네를 포옹하러 왔다네.

**돈 후안** 고맙네, 센테야스.

**센테야스 대위** 그런데 무슨 일인가?
이런, 자네 팔을 떨고
얼굴엔 핏기가 없구먼그래!

**돈 후안** (침착함을 되찾으면서)
아마도 달빛이 그런가보네.

**아베야네다** 그런데, 돈 후안. 여기서 뭘 하고 있나?
이곳을 알고 있었나?

**돈 후안** 영묘가 아니던가?

**센테야스 대위** 그럼 누구 소유인지도
알고 있는가?

**돈 후안** 내 소유지.
이 주변을 보게나.
내 어린 시절의 친구들이나

내 대담함과 용기의
목격자들 이상을 볼 수 없을 걸세.

센테야스 대위 그런데 자네가 말하는 걸 들었네.
누구와 함께 있었는가?

돈 후안 그들과 함께.

센테야스 대위 아직도 그들을 조롱하러 왔는가?

돈 후안 아닐세. 그들을 방문하러 왔네.
그런데 어느 기이한 현기증이
내 정신을 공격해서
잠시 어리둥절했었네.
확실히 좋지 않았어.
이 돌의 환영들이
잔인하게도 내게 겁을 주었는데
자네들이 금방 오지 않았더라면…….

센테야스 대위 하, 하, 하! 돈 후안,
주검에 대한 공포가
평범한 이들에게서처럼
자네를 놀라게 했구먼?

돈 후안 결단코 그렇지 않네. 그것들 모두와 맞설
힘과 용기를 나는 가지고 있네.
저것들이 지금 있는 무덤에서

다시 나온다면
다시 돈 후안의 손에
죽을 것이네.
지금부터 앞으로
난 언제나 돈 후안이라는 것을,
그리고 날 놀라게 할 것은 아무것도 없음을
알아주게나, 대위.
뜨거운 연기가
잠시 내 넋을 빼앗았었네,
센테야스, 그러나 이제 지나갔네.
한 순간의 의심은 말일세.

**센테야스 대위**
**아베야네다** } 맞는 말이야.

**돈 후안** 이곳을 떠나세.

**센테야스 대위** 가세, 가서
무슨 이유로 세 번째로
세비야에 돌아왔는지 말해주게.

**돈 후안** 내 이야기가 자네들에게 흥미롭다면
그렇게 하겠네.
비록 내가 보기엔
식후에 듣는 것이

더 좋지만 말일세.
괜찮겠나……?

**아베야네다**
**센테야스 대위** 좋을 대로 하게나.

**돈 후안** 그럼 좋네. 내 집에서
함께 저녁식사를 하세나.

**센테야스 대위** 하지만, 우리들 때문에
다른 약속을 취소하는 건 아닌가?
무슨 비밀이 있는 건 아닌가?

**돈 후안** 말도 안 되네!
나는 방금 도착했기 때문에
오늘 밤 그곳에는
자네들 이외에는 아무도 없을 것이네.

**센테야스 대위** 우리를 기다리게 해놓고 허탕치게 만들
얼굴을 반쯤 가린 고혹적인 여인이 있는 건 아닌가?

**돈 후안** 우리 셋만 저녁식사를 할걸세.
말하건대, (무덤의 석상들을 가리키면서)
이것들 중의 어떤 것이
이번 일에 똑같이 참석하기를
원치 않는다면 말일세.

**센테야스 대위** 돈 후안, 하느님과 함께

있는 이들은 그렇게 누워 쉬도록
내버려두게나.

**돈 후안** 아하! 이제 보니
자네가 두려워하는 것 같구먼.
주검들을 보고
혈색이 좋지 않은걸. 그러나
이렇게 있는 나를 보고
자네가 조롱했으니
나와 관계된 것에 있어서
자네가 어느 정도 실수했는지를
보여주겠네!
뭔가 일어났다는 사실에 동의하네.
그리고 할 수 있다면, 자네들은
사자死者들과 함께 저녁식사를
하게 되리라는 걸 분명히 하게나.
자네들을 위해 그들을 초대하겠네.

**아베야네다** 그런 망상은 그만 두게나.

**돈 후안** 내가 그 해골바가지들의
식사 시중을 들겠다는데
내 용기를 의심하겠는가?
난 그 누구도 두려워하지 않네.

(가장 가까이에 있는 돈 곤살로의 석상을 향해)

당신이 가장 모욕당한 자요.
그러나 당신이 원한다면,
당신을 저녁식사에 초대하겠소, 기사단장님.
당신은 그럴 수 없다고 생각하니
마음이 무겁군요.
그러나 난 식탁에 당신의 식기를
준비하도록 하겠습니다.
분명히 당신은 내게 호의를 베푸시겠지요.
그러면 난 당신에 대해 알 수 있을 겁니다.
이 세상 이외에 다른 세상이 있는지
노 다른 삶이 있는지도 말입니다.
솔직히 말하면 난 그 또 다른 삶을
결코 믿지 않았지요.

**센테야스 대위** 돈 후안, 그건 용기가 아니네.
그건 광기이고 망령된 소리일세.

**돈 후안** 자네가 잘 판단한 대로
난 그렇게 하겠네. 그럼, 가세나.
지금 말한 그대로입니다, 기사단장님.

# 제2막

## 돈 곤살로의 석상

**등장인물**

돈 후안
센테야스
아베야네다
시우티
도냐 이네스의 그림자
돈 곤살로의 석상
시동(侍童) 하나

돈 후안 테노리오의 방. 문 두 개가 오른쪽과 왼쪽 구석에 있는데 이는 이 막의 화재 장면을 위해 준비된 것이다. 또 다른 문이 배경에 있는데 이는 왼편에서 장식용으로 쓰이고 있다. 오른편 배경에는 창문이 있다. 막이 오르면 돈 후안, 센테야스 그리고 아베야네다가 식탁에 앉아 있다. 풍성하게 차려진 식탁은 꽃술 장식을 한 식탁보 등으로 꾸며져 있다. 관객 정면에 돈 후안이 있고, 그의 왼편에는 아베야네다가 있다. 식탁 왼편에는 센테야스가 있고, 센테야스 앞에는 의자 하나와 아직 사용하지 않은 식기 한 세트가 있다.

## 제1장

돈 후안, 센테야스 대위, 아베야네다, 시우티, 시동

**돈 후안** 여러분들, 이게 내 이야기요.
내 용기에 반한
바로 그 황제께서
내게 자신의 호의를
베풀기를 원하셨지.
그리고 내 이야기 전부를 듣고는
"그토록 기백 있는 남자는
내 비호를 받을 만하오.
원하는 때에 스페인으로 돌아가시오"라고 말했네.
그래서 이제 내가 여기 세비야에 있게 된 거라네.

**센테야스 대위** 대단했군!

**돈 후안** 위대하게 태어난 이는
언제나 위대하게 사는 법이지.

**센테야스 대위** 그대의 귀향을 위해.

**돈 후안** 마시자고.

**센테야스 대위** 내가 잘 믿을 수 없는 것은
자네는 어제 도착했는데
어떻게 벌써 자리를 잡았는지

좀체 믿을 수 없네.

돈 후안　제군들, 나는 아주 호화로운 이 집을
얻어두었다네.
빚 갚을 요량에서
아주 싼 값에 집이 나왔기 때문이지.
이곳에 올 때
내겐 상속받은 것이 없었지만
집값이 싸 사두었네.

센테야스 대위　가구나 모든 게 갖춰져 있는가?

돈 후안　그렇다네.
여자 때문에 파산한
어느 멍청이가 이 집을 팔았다네.

센테야스 대위　재산만 팔았는가?

돈 후안　악마에게 영혼도 팔았지.

센테야스 대위　그는 죽었나?

돈 후안　갑자기 죽었다네. 재판관은
어떠한 방법으로든 신속하게
모든 일을 처리하려고 했는데,
내가 자기 욕심을 만족시켜주는 걸 알고
즉시 돈을 주리라 제안했네.
재판관은 재산 전부를 내게 주고

고리대금업자들에게는 사기를 쳤지.

**센테야스 대위** 그럼, 그 여자는 어떻게 됐나?

**돈 후안** 공증인이 그녀의 뒤를 밟았는데
매우 영리해서
도망가버렸어.

**센테야스 대위** 젊은 아가씨였나?

**돈 후안** 게다가 아주 예뻤지.

**센테야스 대위** 그녀가 가구들과 함께
이 집에 포함돼 있어야 했는데.

**돈 후안** 돈 후안은 조심성 없이
다른 사람이 잃어버린 돈을 취하지 않네.
난 집과 포도주 저장고를 샀는데,
놀라지 말게, 이 두 가지는
남자를 항상
다른 사람과 함께 살도록
해줄 수 있는 것들이지.
자네의 유쾌한 풍채가
그걸 잘 보여주듯 말일세.
난 이 두 가지가 나를 자주
즐기도록 했으면 하네.

**센테야스 대위** 그러면 우리에게 대단한 영광이겠네.

돈 후안　내게도 그렇지. 시우티!

시우티　나리?

돈 후안　(빈자리에 있는 잔을 가리키면서)

기사단장께 포도주를 따르라.

아베야네다　돈 후안, 자네의 광기는

아직도 그걸 생각하는가?

돈 후안　그렇다네, 분명히 그래!

만일 그가 오지 못한다면

그가 없을 때 내가 그를 예우하지 않았다고

자네들은 말할 수 없을걸세.

센테야스 대위　하, 하, 하! 테노리오 군,

자네 머리는

점점 미쳐가는 것 같군.

돈 후안　한 친구를 초대하고

그가 도착하는 동안에

그를 위한 자리를 남겨두지 않는 건

나 자신에 모순되는 것이요,

내 귀족스러움에도 기이한 일일세.

난 늘 이래 왔고

또 늘 이럴 것이네.

그가 없는 식탁을 바라보는 일은

내게는 참으로 괴로운 일이네.
왜냐하면 기사단장께서
죽어서도 살아 계실 때처럼
그토록 완고하다면,
우리를 기분좋게 하실 수
있을 것이기 때문이네.

**센테야스 대위** 그의 추억을 위해 건배하세.
그리고 더 이상 그에 대한 생각은 마세나.

**돈 후안** 그러지.

**센테야스 대위** 건배!

**아베야네다**
**돈 후안** } 건배!

**센테야스 대위** 하느님께서 그에게 영광을 주시기를.

**돈 후안** 그러나 나는 이 세상에서의 영광 이외의
영광은 없다고 믿으니,
그런 건배를 많이 하지는 않겠네.
그러나 자네들을 즐겁게 하기 위해서는 하지. 자!
그럼 하느님께서 당신에게
영광 주시기를 건배하죠, 기사단장님.
(이들이 술을 마시는 동안 멀리서 문 두드리는 소리가 들리는데 이는 거리로 난 문에서 들리는 것으로 추정된다.)

그런데, 누가 문을 두드리는가?

시우티　네, 나리.

돈 후안　누군지 가보라.

시우티　(창문을 통해 보고는)

아무도 보이지 않습니다.

게 누구요? 아무 대답이 없네요.

센테야스 대위　장난치는 놈일게야.

아베야네다　어떤 못된 놈이

지나가면서 어딘지 보지도 않고

문을 두드렸을 거야.

돈 후안　(시우티에게)

그럼 문을 닫고 술을 좀 내오너라.

(더 격렬하게 또 문을 두드린다.)

그런데 누가 또 문을 두드리지 않나?

시우티　네.

돈 후안　다시 나가보라.

시우티　젠장!

아무도 보이지 않습니다, 나리.

돈 후안　이런, 못된 장난을 치는 자는

만족하지 못하리라!

시우티, 만일 누군가 다시 문을 두드리면

총알을 한 방 먹여버리게.

(다시 문을 두드리는 소리가 나는데 좀더 가까이에서 들린다.)

또야?

**시우티** 맙소사!

**아베야네다**
**센테야스 대위** } 무슨 일인가?

**시우티** 나중에 들린 고리쇠 두들기는 소리는
문이 아니라
계단에서 들렸습니다요.

**아베야네다**
**센테야스 대위** } (놀라서 일어나며)
그게 무슨 소린가?

**시우티** 전 그저 있는 그대로 말했을 뿐입니다.
집 안에서 누가 불렀어요.

**돈 후안** 무슨 생각이 드는가?
벌써 죽었다고 생각하는가?
난 총알을 장전했네.
시우티, 나가서 누군지 봐라.

(더 가까이에서 두드리는 소리가 들린다.)

**아베야네다** 들었는가?

**시우티** 아이고,
이건 접견실에서 들렸어요.

돈 후안 아! 이제 알겠군.

자네들이 죽은 자들에 대해

뭔가를 알고 있으니 나를 위해

이 코미디를 준비했군.

아베야네다 자네에게 맹세하네, 돈 후안…….

센테야스 대위 나도 그러하네.

돈 후안 이런! 세상에서 가장 눈치 없는 이도 알아챌 거야.

저 막돼먹은 놈이 자네들에게

나를 놀릴 방법을 가르쳐주었음에 틀림없네.

아베야네다 돈 후안, 여기에는 어떤

비밀이 숨겨져 있는 것 같네.

(더 가까이에서 문을 두드린다.)

센테야스 대위 문을 다시 두드리는군!

시우티 네.

이제 거실에 있군요.

돈 후안 벌써! 자네들이 내 열쇠들을

유령에게 줬구먼.

그렇게 들어오는 것은 나를 놀라게 하지 못하네.

자네들의 간절한 마음대로 되지도 않을 거고,

자네들의 효과 없는 속임수는

내 저녁식사를 방해하지도 못할 거네.

(일어나서 구석 끝에 있는 문의 빗장을 걸고 다시 자리로 돌아온다.)

이제 문들이 잠겼네.
이제 그 도깨비가 들어오기 위해서는
문들을 부숴야 할 거야.
그리고 그걸 시도할 때
죽은 이들에게 도움을 청하고
나중에는 하늘에 호소해야 할걸.

**센테야스 대위** 이런 제기랄, 자네 말이 맞네!

**돈 후안** 떨리지 않은가?

**센테야스 대위** 무슨 일인지 몰라
겁이 조금 났었다는 걸 고백하네.

**돈 후안** 그럼, 자네들의 속임수를 신고하는 겐가?

**아베야네다** 난 아무것도 모르네.

**센테야스 대위** 나도 그래.

**돈 후안** 그럼 난 그것을 고안해낸 사람에게
두려움을 돌려줄 작정이네.
그러나 저녁식사를 계속 하자구.
각자 자기 자리에 돌아가게나.
그것에 대해서는 나중에 알게 될걸세.

**아베야네다** 자네 말이 맞네.

돈 후안 (센테야스에게 권하면서)

카리녜나[1] 포도주네.[2]

자네가 이 포도주를 좋아하는 걸 알고 있네, 대위.

센테야스 대위 우리가 동향同鄕이기 때문이지.

돈 후안 (아베야네다에게는 다른 술을 권하며)

세비야 사람에게는

헤레스[3] 포도주라네.

돈 라파엘.

아베야네다 돈 후안, 자네는 우리 두 사람

입맛에 맞춰 술을 내오는군.

그런데 자네는 무엇으로 건배를 할 건가?

돈 후안 난 둘 다를 평가하셨네.

센테야스 대위 자네는 항상 공정하단 말이야.

돈 후안 그래, 틀림없네. 마시자고.

아베야네다, 센테야스 대위 마시세나.

(누군가 오른쪽 끝 무대의 문을 두드린다.)

돈 후안 이제 저 장난이 나를 짜증나게 하는군.

---

1 (편집자주) 스페인의 사라고사 지방에 있는 지명.

2 센테야스 대위가 스페인 사라고사 지방 출신임을 암시한다.

3 (편집자주) 스페인의 헤레스 델 라 프론테라(Jerez de la Frontera) 지방의 백포도주다.

하지만 우리가 식탁에 앉아 있는 동안에
누가 나타나는가 보세나.
(놀란 표정을 짓고 있는 시우티에게)
이 뻔뻔한 녀석아, 넌 거기서 뭘 하고 있는 게냐?
좋아! 다른 요리를 좀 가져오너라.
(시우티가 나간다.)
우리들이 바깥에 있는 자들을
골려줄 수 있는 생각이
지금 떠올랐네.
그들을 초대해서
그들에게 문을 열어주지 않고
이 방까지 들어오게 함으로써
그들의 재주를 시험해보자고.

**아베야네다** 말 한번 잘했네.

**센테야스 대위** 좋은 생각이야.
(오른쪽 끝에서 강하게 문을 두드린다.)

**돈 후안** 이봐요! 누굴 부르는 거요?
사자死者들은 담으로 스며들어 와야
하는 것 아니오? 들어오시오.
(돈 곤살로의 석상이 아무 소리도 없이 문을 열지도 않고
문을 통해 들어온다.)

## 제2장

돈 후안, 센테야스 대위, 아베야네다, 돈 곤살로의 석상

센테야스 대위　예수님!

아베야네다　맙소사!

돈 후안　이게 뭔가!

아베야네다　난 기운이 빠지는군. (기절하여 쓰러진다.)

센테야스 대위　나 죽네. (기절하여 쓰러진다.)

돈 후안　이게 꿈인가, 생시인가!
그의 모습……, 그의 몸짓이야.

석상　너를 위해 네 식탁에
조대받은 이가 왔는데
너는 왜 두려워하는가?

돈 후안　이런! 저건
기사단장의 목소리 아닌가?

석상　난 네가 여기서
나를 기다리지 않을 거라고 항상 생각했다.

돈 후안　거짓말, 난 당신을 위해
그 의자를 챙겨놓았소이다.
무척 놀랐고
의심쩍긴 하지만,

당신이 우요아 자신이라고 해도
난 당신을 두려워하지 않는다는 것을 와서 보시오.

석상 아직도 그걸 의심하는가?

돈 후안 모르겠소.

석상 믿음 없는 자여, 원한다면
네 손을 내 석상의
차가운 대리석에 놓아라.

돈 후안 뭣 때문에 그렇게 하란 말이오?
당신에게 그런 말을 듣는 것으로 충분하오.
그럼 저녁식사를 합시다. 하지만 당신에게 말해 두는데…….

석상 뭘 말인가?

돈 후안 만일 당신이 죽지 않았다면
죽어서 이곳을 나가게 될 거라는 거요.
(센테야스와 아베야네다에게) 이봐! 일어들 나게.

석상 아니야, 돈 후안. 그들이 일어날 거라고
생각하지 말게나.
왜냐하면 내가 사라지기까지
저자들은 정신을 차리지 못할 테니까 말이야.
네게 향하고 너와 함께 있는
하느님의 성스러운 자비는

네 판단과 양심 이외의
또 다른 목격자를 원하지 않는다.
하느님께서는 네가 영묘에서 내게 했던
그 불경스러운 초대에
내가 응하는 것을 허락하셨다.
네 이성을 비추기 위해서 말이다.
그리고 난 네게 진실을 가르쳐주기 위해
그분의 이름으로 왔다.
그 진실이란 인간의 생명 뒤에는
영원이 있다는 것이다.
네가 살 날은
계산이 끝났으니
돈 후안, 너는 당장 내일
죽어야 한다.
그러나 너는 네 눈앞에서 일어나는 일을
네 영혼이 착각하고
공포에 사로잡혀서였다고
믿고 있기에,
하느님께서는 그 성스러운 자비로
돈 후안, 네게
내일까지 생각을 정리할

시간을 허락하셨다.
또 그분의 끝없는 공의로움을
네가 더 잘 이해하도록 하기 위해,
용기 있는 네가 내게도
방문해줄 것을 기대하는 바이다.
오겠는가? 돈 후안.

**돈 후안** 네, 가겠습니다.
하지만 당신이 이곳을 나가기 전에
당신이 허구의 존재라는 것을
확인하고 싶습니다.
(총을 든다.)

**석상** 네 어리석은 자만심이 헛소리를 하는구나,
돈 후안. 아무리 굵은 철과
아무리 두터운 성벽도
내 발길을 막지는 못한다. 봐라.
(석상은 벽을 통해 꺼지듯 사라진다.)

## 제3장

돈 후안, 아베야네다, 센테야스 대위

**돈 후안** 맙소사!
삼복더위에 마르는
물방울처럼
모습을 바꿔
벽까지 뚫는구나!
그가 "내 대리석 석상을
만져보라"고 하지 않았는가?
그럼, 돌덩어리가 어떻게 사라진단 말인가?
불가능해! 이건 환영이야.
아마도 옛 주인이
내 술통에 약을 타놓아
그 술이 내 머리에서
헛된 환상을 불러일으킨 거야.
그러나 내가 그림자라고 생각했던 것들이,
천국의 자리로
내 마음을 부르던 그것들이
진짜 영혼이라면!
그러면 돈 후안으로 하여금 자기 죄악들에

상응하는 회개를 하게끔 하기 위해서
그에게 허락한 쥐꼬리만한 기한이
무슨 소용이 있단 말인가?
신께서 내게 단 하루만을 주시다니……!
만일 그가 진짜 신이라면,
그 경고와 내 영생에
더 많은 기한을 주었겠지.
도냐 이네스의 그림자는 "잘 생각하세요.
당신 옆에 내가 있을 거예요" 라고 말했지.
그런 생각을 해보지만
그녀는 보이지 않는군. 이건 꿈이야.

(벽에 도냐 이네스의 그림자가 투영된다.)

## 제4장

돈 후안, 도냐 이네스의 그림자,
잠자고 있는 센테야스 대위와 아베야네다

**그림자** 저 여기 있어요.

**돈 후안** 맙소사!

**그림자** 선하신 기사단장님께

들은 것을 잘 생각해보세요.

그리고 용기를 내서

그 약속에 응하세요.

행복하게 죽기 위해

잠깐의 시간이 필요해요.

현명하게 선택하세요, 돈 후안.

왜냐하면 내일

우리의 육체는

한 무덤에서 잠들 거예요.

(그림자가 사라진다.)

## 제5장

돈 후안, 센테야스 대위, 아베야네다

**돈 후안** 서시오, 도냐 이네스, 기다려요.

만일 그대가 나를 진정으로 사랑한다면,

이제 환상과 현실을

구별할 수 있게 해주오.

내게 좀더 확실한

증거를 주시오.

돈 후안이 평안하게
무덤으로 내려갈 수 있도록
내 열정이 상상하는 것이
광기가 아니라는 것을 증명할
증거를 말이오.
그러나 이런, 늘 그림자를 좇아
멋대로 다니면서
나 자신이 조롱당하는 것은
나를 화나게 하는군.
오! 혹시 이 모든 것이 이 두 사람에 의해
준비된 것인지도 모르겠군.
그래서 이 모든 것이 진행되는 동안,
움직이지 못하는 척하는 거야.
하지만 그렇다면 신께 맹세코
이들은 돈 후안을 기억하게 될 것이다.[4]
이봐! 돈 라파엘, 대위.
이제 충분하네. 거기서 일어나게.

(돈 후안이 센테야스 대위와 아베야네다를 흔들자 그들은 깊은 잠에서 깨어나는 사람처럼 일어난다.)

4 돈 후안을 조롱하려 했기에 따끔한 맛을 보게 될 것이라는 의미다.

**센테야스 대위** 누군가?

**돈 후안** 일어들나게.

**아베야네다** 무슨 일이지?
이봐, 자네였군!

**센테야스 대위** 우리가 어디 있는 거지?

**돈 후안** 친구들, 분명히 해두자고.
나는 자네들을 내 집으로 데려왔네.
그런데 내 집으로 올 때,
자네들은 내기를 걸고 속임수로
나를 희생하여 웃어보려는
생각을 했음에 틀림없네.
그러나 이제 장난은 충분하네.
이제 끝내게나.

**센테야스 대위** 자네가 무슨 말을 하는지 모르겠구먼.

**아베야네다** 당치도 않네!
나도 이해가 안 돼.

**돈 후안** 결론적으로
자네들은 아무것도 보지도 듣지도 못했단 말인가?

**아베야네다**
**센테야스 대위** } 뭘 말인가?

**돈 후안** 이제 더 이상 속이지 말게.

**센테야스 대위** 돈 후안 군,
난 결코 속인 적이 없네.

**돈 후안** 사실이었다고!
테노리오에 대항하여
돌이 움직이고
그 얼마 안 되는 기일 내에
생명을 얻었단 말인가?
제발, 얘기해보게.

**센테야스 대위** 제기랄! 이제야
자네가 의도하는 바를 알겠네!

**돈 후안** 이곳에서 일어난 일에 대해
내게 설명해주기를
나는 의도했네.
친구들, 아니면 신께 맹세코
나를 조롱할 자가 없다는 사실을
자네들 둘에게 알게 해주겠네.

**센테야스 대위** 이제 자네가 진지해지는군!
돈 후안, 난 자네가
우리들을 조롱했다고
의심하고 있음을 알아두게나.

**돈 후안** 자네는 나를 모욕하는군!

센테야스 대위 그런 게 아닐세.
그러나 자네가 답답하게
이곳에 유령이 왔었다고 계속 말한다면,
그 일을 내가 어떻게 설명하는지 듣게나.
난 여기서 모든 감각을 잃었네.
어떤 종류의 방자한 행동도
하지 않고 말일세. 그래서
난 그것을 이런 식으로 이해하네.

돈 후안 어디 보세나, 그럼 내게 말해보게.

센테야스 대위 자네가 포도주에다가 약을 타서
우리를 속이고 나중에
믿게 하려고 했던 걸세.

돈 후안 센테야스!

센테야스 대위 자네의 대단한 용기를
보여주기 위해서
자네는 기사단장을
저녁식사에 초대했네.
그리고 자네의 기이한 초대에
그가 참석했음을 말하기 위해
마약으로 우리를
잠들게 만들었네.

이것이 장난이었다면 그냥 넘어갈 수 있네.
그러나 그 장난은 너무 지나쳐
우리에게 아무런 증거도 대지 못하고
우리는 그런 것을 참을 수도 없네.

**아베야네다** 나 역시 같은 의견이네.

**돈 후안** 거짓말하지 말게!

**센테야스 대위** 거짓말하는 건 자네야.

**돈 후안** 자네야, 대위.

**센테야스 대위** 그 말은, 돈 후안…….

**돈 후안** 난 진심으로 한 말이네.
거짓말하지 말게. 내 용기에는
가짜 경이로움이 필요 없네.
왜냐하면 내 용기는
내 것일 때 가장 좋은 증거가 되니까 말이네.

**아베야네다, 센테야스 대위** 어디 보세나. (칼에 손을 댄다.)

**돈 후안** 자네들 분노를 거두고
밖으로 나가세.
내가 자네들을 내 집에서 죽였다고
사람들이 나중에 생각하지 않도록 말일세.

**아베야네다** 말 한번 잘했네……. 그러나 우린 둘이야.

**센테야스 대위** 만일 자네가 원한다면
한 사람씩 싸우자고.

**돈 후안** 아니면 둘이 한꺼번에 덤비든가. 자네들 원하는 대로 하게.

**센테야스 대위** 추잡스러운 놈 같으니!
돈 후안, 먼저
한 사람을 선택하게.

**돈 후인** 자네로 하시.

**센테야스 대위** 좋네.

**돈 후안** 좋네, 대위.

# 제3막

## 신의 자비와 사랑의 찬미

**등장인물**

돈 후안
돈 곤살로의 석상
그림자들, 석상들, 유령들, 천사들
도냐 이네스

**돈 후안 가의 영묘. 제2부의 제1장에서와 같으나, 도나 이네스와 돈 곤살로의 석상이 자기 자리에 없다.**

## 제1장

복면을 한 돈 후안이 딴 데 정신이 팔려 서서히 무대로 들어온다.

**돈 후안** 내 잘못이 아니었어. 광적인 정신착란이
내 달아오른 정신으로 하여금 이성을 잃게 했지.
내 손은 내 절망적인 신용을 위해 희생할
희생물이 필요했어.
그 희생물을 도중에 보자 나는
그들을 내 광기의 노획물로 만들어버렸지.
빌어먹을! 내 탓이 아냐! 그건 그들의 운명이었어!

그자들은 내 솜씨와 행운을 알고 있었어.
오! 끔찍한 현기증 때문에
마음이 어수선하구나……. 내 잃어버린 영혼은
바람이 떨군 마른 나뭇잎처럼
삶의 사막을 건너가는구나.
나는 주저하고…… 두려워하고…… 망설이는구나…….
내 머릿속에서 화산이 불타는 것이 느껴지는구나…….
나는 의지도 없이 나무를 움직이고, 내 위대함은
나를 놀라게 하는 커다란 미지의 어떤 것을 굴복
시키는구나.
(잠시 동안의 휴지.)
나는 용기 이외에는
아무것도 의미가 없다고 자만했다.
죽으면 육체와 함께 영혼도
소멸한다고 생각했다…….
그러나 이제 내 마음이 동요하는구나.
결코 유령을 믿지 않았었는데! …… 헛것이야!
그러나 내 용기에도 불구하고,
가는 곳마다 내 뒤를 따라오는
석상의 발소리가 느껴지는군.
오! 신비한 힘이 나를

이 견딜 수 없는 곳으로 데려왔구나…….

(머리를 들어 발판에 돈 곤살로의 석상이 없는 것을 본다.)

그런데 내가 보는 게 뭐지!

저기 그의 석상이 없잖은가……! 끔찍한 꿈이여,

당장 나를 내버려두라…… 아냐, 난 너를 믿지 않는다.

불길한 환영이여, 가라, 내 혼란스러운 머리에서

떠나라…… 너는 유치하게 놀라게 함으로써

쓸데없이 내 초인적인 용기를

고갈시키려고 집요하게 구는구나.

거짓된 꿈아, 만일 모든 것이 환영이라면,

그 누구도 그런 속임수로 나를 두렵게 하지 못할 것이고,

만일 현실이면, 하늘의 노여움을 달래려 하는 것은

어리석은 고집이다.

아니야. 꿈인지 생시인지

그것이 뭔지 밝혀내고 싶군.

그리고 아마도 만일 자비로운 하늘이

내 마음의 구원을 구한다면,

좀더 명확하고 관대하게 했으면 좋겠어.

그 무덤의 화신化身이

내가 끈질기게 의심하던 사실에 대해
더 확실한 증거를 모색하러 오라고
나를 초대했도다…….
그래서 내가 여기 왔노라. 기사단장이여, 일어나시오.

〔그는 기사단장의 무덤을 두드린다. 이 무덤은 식탁으로 변하는데 이는 이전 장에서 돈 후안과 센테야스 대위 그리고 아베야네다가 저녁식사를 하던 식탁을 무시무시하게 패러디한다. 덮여 있는 식탁보의 장식과 꽃, 그리고 호화로운 접대 대신에 뱀, 뼈다귀 그리고 불 등이 있다. (장식자 취향에 따라서.) 이 식탁 위에 재 한 접시, 불 한 잔 그리고 모래시계가 있다. 이 무덤이 바뀔 때, 나머지 다른 무덤들이 열리고 그 안에 들어 있던 사람들의 뼈들이 수의에 덮여 나온다. 그림자들, 유령들 그리고 영혼들은 무대의 끝에 나와 있다. 도냐 이네스의 무덤은 계속해서 움직이지 않고 있다.〕

## 제2장

돈 후안, 돈 곤살로의 석상, 그림자들

**석상** 여기 내가 있다, 돈 후안.
그런데 나는 하느님께

| | |
|---|---|
| | 네 영벌永罰을 간구하는 이들과 함께 |
| | 이곳에 왔다. |
| 돈 후안 | 이런! |
| 석상 | 너를 놀라게 할 것이 없고, |
| | 네가 해골들에게도 |
| | 식사 시중을 받는 자라면, |
| | 뭣 때문에 당황하느냐? |
| 돈 후안 | 아아! |
| 석상 | 왜 그러는가? |
| | 기절할 것 같은가? |
| 돈 후안 | 모르겠습니다. |
| | 내가 잘못했다고 생각합니다. |
| | 꿈이 아니군요……, (유령들을 바라보면서) 이것들은! |
| | 한번도 겪어보지 못한 두려움이 |
| | 내 흉포한 영혼을 공격합니다. |
| | 비록 내게 용기가 부족하진 않으나 |
| | 의식이 없어지는군요. |
| 석상 | 그거다, 돈 후안. |
| | 네 존재는 끝나가고 있다. |
| | 그리고 네 심판의 기한이 |
| | 이제 도달하고 있다. |

**돈 후안** 무슨 말인지!

**석상** 얼마전에 도냐 이네스가
네게 알려준 것,
내가 네게 알려준 것,
그런데 네가 미쳐서 잊어버린 것이다.
그러나 네가 내게 제공한 향연을
갚아야겠다. 돈 후안,
그래서 이렇게 여기 내가 너를 위해
식기를 준비해놓았다.

**돈 후안** 그럼 당신이 준비한 저기에 있는 것은 뭡니까?

**석상** 여긴 불이고, 저기엔 재가 있다.

**돈 후안** 머리털이 곤두서는군.

**석상** 네가 앞으로 변화될 것과 같은 것을 네게 주는 것이다.

**돈 후안** 내가 불과 재가 되다니!

**석상** 네가 주변에서 보는 것과 같은 주검들이다.
용기도, 청춘도, 권력도
그렇게 되는 법이다.

**돈 후안** 재는 좋습니다. 그러나 불은!

**석상** 전능하신 분의 진노의 불이다.
거기서 너는 네 맹목적인 방종으로 인해

영원히 불탈 것이다.

돈 후안 그럼 또 다른 삶이 있고
이곳과 다른 세계가 있단 말인가요?
그럼, 아아, 내가 절대로 믿지 않았던 것이
사실이란 말인가요?
내 가슴의 피를 얼어붙게 만드는
뼈아픈 진실이여!
그 진실은 내 파멸만을
알려주는구나.
그럼 저 시계는 뭐죠?

석상 네 시간을 측량하는 것이다.

돈 후안 벌써 죽었네!

석상 그렇다. 모래 한 알 한 알에
네 생명의 순간이 지나가는 것이다.

돈 후안 그리고 내게 더 이상 남은 것이 없나요?

석상 그렇다.

돈 후안 부당한 신이여!
당신은 내가 뉘우칠 시간을
주지 않으면서 지금에서야
당신의 능력을 알게 하시는군요.

석상 돈 후안,

참회의 순간이
영혼에게 구원을 준다.
그리고 아직 네게는 그 시간이 있다.

**돈 후안** 불가능해요! 한순간에
저주받은 30년 동안의
죄악과 악행을 지우라니!

**석상** 그것을 신중하게 이용하라.
〔조종弔鐘이 울린다.〕
왜냐하면 기한이 곧 끝날 것이기 때문이다.
그리고 너를 위해 조종이 울리고 있고
사람들은 네가 들어갈
묘구덩이를 파고 있다.
(멀리서 사자들을 위한 예배 소리가 들린다.)

**돈 후안** 그럼 나를 위한 조종 소리란 말인가요?

**석상** 그렇다.

**돈 후안** 그리고 저 장송곡들은?

**석상** 너를 위해 부르는
회죄悔罪 시편詩篇이다.
(왼편으로 큰 촛불의 빛이 지나가는 것이 보이는데
그 안에서 사람들이 기도를 한다.)

**돈 후안** 그럼 지금 지나가는 저 장례 행렬은?

**석상** 너의 것이다.

**돈 후안** 내가 죽었구나!

**석상** 네 집 문 앞에서
대위가 너를 죽였다.

**돈 후안** 믿음의 빛은 내 가슴에
늦게야 들어왔구나,
그래서 내 이성은 그 빛으로
지지른 범죄만을 볼 수 있구나.
그것들을 보는구나…… 그것도 끔찍하게 고심하면서.
그 많은 범죄들을 볼 때
돈 후안에 대한 진노로 가득 차 있는
하느님도 보기 때문이구나.
아! 나는 가는 곳마다
이성을 짓밟았고,
미덕을 비웃고,
정의를 조롱하고,
보이는 것마다 악습에 물들게 했다.
나는 마구간으로 내려갔고,
왕궁으로 올라갔으며,
수녀원 담을 넘기도 했는데

내 삶이 그랬기에
내겐 용서가 없구나, 용서가 없어.
그런데 아직도 그토록 오래도록 가만히
(유령들에게)
거기에 있는가!
내 고뇌와 함께 홀로
평화롭게 죽도록 해주게.
그러나 그토록 끔찍하도록 평온하게
내게서 뭘 기다리는가, 잔혹한 그림자들이여?
내게서 뭘 바라는가?

**석상** 네 영혼을 데려가기 위해
네가 죽기를 기다리는 것이다.
그럼, 안녕히, 돈 후안. 이제 네 목숨은
마지막까지 왔다. 그리고 모든 것이
덧없구나. 작별의 표시로
네 손을 다오.

**돈 후안** 당신이 지금 내게 우정을 보이는 것인가요?

**석상** 그렇다. 나는 네게 공평치 못했다.
그래서 하느님께서는 영원함으로 돌아오도록
네 친구인 나를 보내셨다.

**돈 후안** 그럼, 잡으세요.

석상 이제, 돈 후안,
너는 너에게 주어진 시간도
헛되게 낭비하였으니,
나와 함께 지옥으로 가자.

돈 후안 저리 가라, 이 사기꾼 같은 석상!
놓으시오, 내 손을 놓으시오,
내 생명의 시계에는 아직도
마지막 모래알이 남아 있단 말이오.
손을 놓으시오, 한순간의 회개로
영혼이 영원한 구원을
받을 수 있다는 것이
사실이라면,
거룩하신 하느님, 저는 당신을 믿습니다.
제 악함이 전대미문의 것이라면,
하느님의 자비는 끝이 없습니다…….
주여, 저를 긍휼히 여기소서!

석상 이미 늦었다.

(돈 후안은 석상이 붙잡지 않은 손을 하늘을 향해 펴면서 무릎을 꿇는다. 그림자과 해골 등이 그에게 덤벼드는데 그때 도냐 이네스의 무덤이 열리고 그녀가 나타난다. 도냐 이네스가 돈 후안이 하늘로 뻗은 손을 잡는다.)

## 제3장

돈 후안, 돈 곤살로의 석상, 도냐 이네스, 그림자들 등

**도냐 이네스** 안 돼요! 돈 후안,
이제 내가 여기 있어요.
내 손은 당신 회개의 열정이
하늘을 향해 뻗은 이 손을
안전하게 해줄 거예요.
그리고 하느님은 내 무덤의
발 아래 있는 돈 후안을 용서하세요.

**돈 후안** 자비로운 하느님! 도냐 이네스!

**도냐 이네스** 유령들이여, 물러나라.
그분의 믿음이 우리를 구원했다…….
그러니 이제 그대들의 무덤으로 돌아가라.
이것이 하느님의 뜻이다.
내 영혼의 고통으로 나는
그 영혼의 불순함을 정화했고,
하느님께서는 내 열정으로 인해
무덤의 발 아래 있는
돈 후안의 구원을 허락하셨다.

**돈 후안** 내 마음의 이네스여!

도냐 이네스 전 당신을 위해 제 영혼을 바쳤습니다.
그리고 하느님께서는 나를 위해 당신에게
당신이 의심하던 구원을 허락했습니다.
이는 피조물에게는 이해되지 않는
신비로움입니다.
다만 가장 순수한 삶을 산
의인들만이 사랑이
무덤의 발 아래 있는 돈 후안을
구원했다는 것을 이해할 겁니다.
장송곡들아, 멈춰라.
(음악이 멈추고 찬송가가 불린다.)
소종 소리여, 조용히 하라.
(조종 소리가 그친다.)
경박한 그림자들이여,
너희들 묘지의 관으로 들어가라.
(해골들은 무덤으로 돌아가고 관이 닫힌다.)
움직이는 조각들이여
발판 위로 돌아가라.
(석상들이 자기 자리로 돌아간다.)
그리고 의인들이 머무는
하늘의 행운이여

돈 후안을 위해
바로 그 무덤들에서 시작하시오.

(꽃들이 피어나 돈 후안과 도냐 이네스를 둘러싸고 있는 여러 천사들에게 길을 열어준다. 천사들은 그들에게 꽃과 향수를 뿌려주고 멀리서 들리는 달콤한 음악소리에 맞춰 무대에 서광이 비친다. 도냐 이네스는 꽃들 위에 쓰러져 사라지는 그녀의 무덤 대신에 그곳에 머물러 있다.)

## 마지막 장

도냐 이네스, 돈 후안, 천사들

**돈 후안** 자비로운 하느님, 영광을 당신께 돌립니다!
내일 세비야 사람들은
제가 제 희생자들의 손에
쓰러진 것을 보고 두려워할 것입니다.
그러나 하느님은 공의로우십니다.
회개의 순간에 연옥이
제게 열렸으니,
자비로우신 하느님께서
돈 후안의 하느님이심을

온 세상이 알게 될 겁니다.

(돈 후안은 도냐 이네스의 발에 쓰러지고 둘 다 죽는다. 그들의 입에서 그들의 영혼이 밝은 불이 되어 나오는데 그 불들은 음악소리에 맞춰서 허공으로 사라진다. 막이 내린다.)

# 작품 해설

(작가와 옮긴이의 가상 인터뷰 형식)

**정동섭** 당신은 젊은 나이에 일약 문단의 스타로 떠올랐다고 들었는데 그것에 대해 말씀해주실 수 있으신지요?

**소리야** 아시다시피 스페인의 19세기는 낭만주의와 사실주의가 공존한 시기였는데 전반부는 아마도 낭만주의의 시기였다고 말할 수 있겠죠. 이 시기에 스페인은 마리아노 호세 데 라라Mariano José de Larra라는 천재가 언론을 중심으로 스페인의 개혁을 부르짖으며 활동하고 있었습니다. 그런데 그가 1837년 권총으로 자살을 했지요. 정확하게는 2월 13일이었습니다. 당시 전 풋내기 시인에 지나지 않았지만 그분의 죽음을 접하고서는 비통한 마음에 몸을 가눌 수 없었습니다. 2월 15일 그분의 장례식에서 저는 격정을 이기지 못해 그 전날 밤 즉흥적으로 지었던 비가悲歌를 낭독했습니다. 다듬을 시간이 부족했기에 솔직히 좋은 작품은 아니었지만 장례식이라는 현장성이 듣는 이들의 심금을 울렸고 그 시를 돋보이게 했지요. 그래서 과분하게도 전 이날 "스페인은 한 천재를 잃고 또 다른 천재를 얻었다" 라는 극찬을 받기도 했습니다. 그때 제 나이가 스물이었는데 젊은 치기가 저를 유명하게 만든 셈이지요.

**정동섭** 당신은 시인으로 출발해서 여러 시집들을 남겼고 또 말년에는 그라나다에서 국가 시인으로 인정받기도 했습니다. 하지만 당신의 명성이 확인된 장르는 서정시가 아닌 극시劇詩였지요. 극작가로서 여러 작품들을 남기셨는데, 그 중 아마도 『돈 후안 테노리오』(*Don Juan Tenorio*)가 가장 대중적이고 또 스페인 문학사에 남아 당신의 명성을 유지시켜주는 작품이 아닐까 하는데요.

**소리야** 『구두장이와 왕』(*El zapatero y el rey*)이나 『배신자, 배교자 그리고 순교자』(*Traidor, inconfeso y mártir*) 같은 작품들도 좋은 작품으로 평가받고 있습니다. 물론 『돈 후안 테노리오』가 제 생애 최고 작품입니다만 말입니다. 당신도 알다시피 『돈 후안 테노리오』는 19세기 스페인에서 가장 인기 있고 가장 많이 상연된 작품이었으니까요.

**정동섭** 19세기 스페인 리얼리즘의 거장이었던 클라린Clarín은 자신의 대표작 『레헨타』(*La Regenta*)에서 당신이 얼마나 유명한 작가였는지, 특히 『돈 후안 테노리오』가 얼마나 인기 있고 유명했는가를 간접적으로 말해주고 있습니다. 그 작품에서 주인공의 남편인 돈 빅토르 킨타나르Don Víctor Quintanar는 자기 아내가 아주 보기 드문 여인이라고 말하면서 "부끄러운 사실이지만 그녀는 『돈 후안 테노리오』를 읽지도 않았고 연극을 보지도 않았다"고 말하지요. 그러나 그녀도 "다른 모든 스페인 사람들처럼 소리야의 몇몇 시 구절은 알고 있다"고 했습니다.

**소리야** 그렇습니다. 대작가인 클라린 덕분에 저도 한 번 더 유명해진 셈입니다.

**정동섭** 그런데 『돈 후안 테노리오』를 쓰신 특별한 계기라든가 에피소드가 있었는지요?

**소리야** 1844년에 라 크루스 극단 단장이자 배우였던 카를로스 라토레Carlos Latorre가 바르셀로나에서 활동하다가 다시 마드리드로 돌아왔습니다. 그는 자기 극장에 새로운 활기를 불어넣기 위해 새로운 작품을 공연할 필요를 느꼈고 그 결과 제게 작품을 써줄 것을 부탁했지요. 시간이 촉박해서 20일 만에 작품을 써냈습니다.

**정동섭** 공교롭게도 당신을 유명하게 만들어 준 두 작품, 즉 라라의 장례식에서 낭독했던 헌시와 『돈 후안 테노리오』 모두 짧은 시간에 씌어졌군요. 그런데 사실 당신의 『돈 후안 테노리오』는 완전히 독창적인 작품이라고는 할 수 없지요. 문학에 있어서는 17세기의 극작가였던 티르소 데 몰리나Tirso de Molina의 『세비야의 농락자와 초대받은 석상』(*El burlador de Sevilla y convidado de piedra*)이 최초로 돈 후안이란 인물을 탄생시켰고, 18세기만 해도 안토니오 사모라Antonio Zamora의 『만기되지 않는 기한 없고 갚아지지 않는 빚도 없다와 초대받은 석상』(*No hay plazo que no se cumpla, ni deuda que no se pague, y Convidado de piedra*)이 『돈 후안 테노리오』가 출현하기 전까지 스페인의 연극계를 대표하던 작품이 아니었던가요?

**소리야** 『세비야의 농락자와 초대받은 석상』은 모레토Agustín Moreto의 작품이고 18세기의 것은 솔리스Dionisio Solís가 쓴 것으로 알고 있습니다만.

**정동섭** 당신의 자서전이라고 할 수 있는 『옛 세월에 대한 추억』(*Recuerdos del tiempo viejo*)에서도 그렇게 썼더군요. 그것 때문에 후대의 학자들은 꽤 많은 시행착오를 겪어야 했고요. 하지만 그 부분에 있어 당신이 잘못 알고 있었다는 것은 이미 공공연한 사실입니다. 17세기의 작품, 즉 돈 후안의 원전이라 할 수 있는 『세비야의 농락자와 초대받은 석상』에 대해서는 아직까지도 많은 논란이 있지만 사제였던 티르소 데 몰리나를 그 작가로 인정하는 것이 일반적으로 받아들여지고 있고, 18세기에 나온 아류작인 『만기되지 않는 기한 없고 갚아지지 않는 빚도 없다와 초대받은 석상』의 작가는 의심할 여지없이 안토니오 사모라로 인정되고 있지요. 『세비야의 농락자와 초대받은 석상』의 작가로 추측되는 사람들 중에는 티르소 이외에 클라라몬테Claramonte와 칼데론 델 라 바르카Calderón de la Barca가 있지만 당신이 기억하는 모레토는 논의조차도 되지 않고 있습니다.

**소리야** 그랬군요. 당신은 학자로서 그런 것에 대해 정확한 정보를 필요로 하지만 난 작가이고 또 당시는 문학이라는 학문이 지금보다 자료면에서 열악한 상황 하에 있었으니 그 정도의 실수는 좀 봐주시지요. 하지만 이제부터는 그런 실수를 하지 않겠습니다.

**정동섭** 하하하, 그냥 사실이 그렇다는 거지요. 저도 그런 문제로 당신을 비난하려는 건 아닙니다. 하지만 당신의 그런 실수는 대단히 유명해져서 문학사마다 당신의 『돈 후안 테노리오』를 언급할 때 빠뜨리지 않고 언급하는 부분이기도 합니다. 영향에 대해 계속해서 말하자면 당신은 『옛 세월에 대한 추억』에서 『세비야의 농락자와 초대받은 석상』과 『만기되지 않는 기한 없고 갚아지지 않는 빚도 없다와 초대받은 석상』 이외의 다른 작품들의 영향, 특히 다른 외국 작품의 영향을 극구 부인하고 있더군요. 그런데 티르소와 사모라의 영향 말고도 당신이 돈 후안 작품을 썼던 일련의 프랑스 작가들, 즉 뒤마Alexandre Dumas, 메리메Prosper Merimee, 블라즈 드 뷔리Blaze de Bury의 영향을 받았다는 주장도 있습니다. 결국 당신이 자서전에서 외국 작품의 영향에 대해 고의로 은폐하고 있다는 주장이지요. 이에 대해서 하시고 싶은 말씀이 있는지요?

**소리야** 직설적으로 말하자면 저에 대한 표절 시비는 주로 뒤마의 『돈 후안 데 마라나 또는 천사의 추락』(*Don Juan de Marana o La caída de un ángel*)을 중심으로 이뤄지는 것 아닙니까? 이에 대해 이미 레슬리Leslie라는 연구자가 제 작품과 뒤마의 작품의 유사성은 뒤마의 1864년에 출판된 나중 판본에 나타나고 1836년과 1841년에 출판된 처음 판본들에는 나타나지 않는다고 밝힌 바 있습니다. 제가 『돈 후안 테노리오』를 쓴 해가 1844년입니다. 그리고 뒤마가 스페인에 여행 와서 머물렀던 것이 1846년이지요. 이제 정리해봅시다. 뒤마가 스페인 여행을 하기 전에 발표한 작품은 제 작품과 유사하지 않았는데 그가 스페인에 머물다가 간 후에 나온 판본은 제 작품과 유사성이 많다면 누가 누구의 영향을 받은 걸까요? 기회가 된다면 당신이 직접 뒤마를 만나 물어보면 좋을 듯합니다.

**정동섭** 얘기가 그렇게 되나요? 그건 그렇고, 당신의 『돈 후안 테노리오』는 티르소의 『세비야의 농락자와 초대받은 석상』과 함께 스페인 문학이 배출한 많은 돈 후안 작품들 가운데 가장 뛰어난 작품이라고 평가받고 있습니다. 그런데 티르소의 돈 후안이 결국 영혼과 육체의 죽음을 맞이하는 데 반해, 당신의 돈 후안은 육체는 죽지만 영혼은 구원을 얻고 있지요. 당신은 기본적으로 돈 후안에게 연민을 느끼고 있었나요?

**소리야** 글쎄요. 『돈 후안 테노리오』 이전의 돈 후안들은 여자들을 농락하고 그들의 명예를 빼앗아버린 후 도망감으로써 사디스트라고 평가됨과 동시에 신성모독적인 성격을 가지고 있었습니다. 그런데 비록 그들이 신성을 모독했다고는 하나 기본적으로는 모두 가톨릭교도들이었습니다. 다만 하느님의 인내를 남용했던 것이지요. 하지만 제가 창조한 돈 후안은 가톨릭의 테두리 밖에 있는 인물이었습니다. 그는 신의 은총이나 섭리에 대해 무지했지요. 기독교적 입장에서 보자면 그의 죄악은 은총에 대한 남용이 아닌 무지에 기인한 것이었지요. 그런데 그가 마지막에 도냐 이네스의 헌신적인 사랑으로 인해 조물주의 존재를 알게 되고 최후의 순간에 회개를 하게 됩니다. 따라서 제 주인공이 영혼의 구원을 얻은 것은 지극히 논리적인 결과라고 할 수 있지요.

**정동섭** 그렇다면 당신은 기존의 돈 후안의 이미지를 훼손한 것은 아닌지요? 다시 말하자면, 당신은 기존의 돈 후안이 가지고 있었던 이미지라든가 유명세에 대해 상당한 부담을 가지고 있지는 않았습니까?

**소리야** 정곡을 찌르시는군요. 엘리엇T. S. Eliot은 이런 말을 했습니다. 천재 시인은 선배의 것을 훔치지만 미숙한 시인은 다만 모방할 뿐이라고 말입니다. 한 작가의 천재성 여부는 비평가나 독자들이 평가하는 것이지만 대부분의 작가들은 아마도 부단히 노력하고 작품을 수정함으로써 '천재'로 평가받고 싶어할 것입니다. 말씀드린 대로 저는 『돈 후안 테노리오』를 20일 만에 썼습니다만 그 사이에 여러 가지 고민들이 많았습니다. 제가 이 작품을 쓸 때만 해도 안토니오 사모라의 『만기되지 않는 기한 없고 갚아지지 않는 빚도 없다와 초대받은 석상』이 대중들 사이에서는 대단히 인기 있었습니다. 그 작품에는 별다른 오락이나 취미 생활 없이 연극이 상연될 때만을 기다리던 대중들이 좋아할 만한 결투 장면같이 활극적인 요소들이 많이 있었지요. 아마도 사모라는 대중을 지나치게 의식하면서 작품을 썼던 것 같습니다. 하지만 그에겐 재능이 좀 부족했고 그 결과 그의 돈 후안은 경박하고 성마르며 이전의 티르소가 완성해놓은 인간으로서 또는 남성으로서의 매력이 전혀 느껴지지 않는 싸움꾼이 되었습니다. 티르소의 돈 후안이 능수능란하게 여성을 유혹하고 점령하는 데 반해, 사모라의 돈 후안은 심지어 여성을 힘으로 겁탈하려고까지 하고, 티르소의 주인공이 결코 여성을 진심으로 사랑하지 않는 독특한 돈 후안적인 성격의 원조였다면 사모라의 돈 후안은 한 여인을 사랑하여 그녀에게 매달리기까지 했습니다. 티르소의 돈 후안과 비교하면 아주 차원이 낮고 또 평범한 인물이었지요. 때문에 비록 그의 작품이 대중적 인기는 누렸을지 모르나, 저는 같은 작가로서 그를 부러워해본 적이 한번도 없습니다. 문제는 티르소였지요. 티르소는 제가 봐도 탁월한 작가입니다. 물론 그의 돈 후안이 그가 온전히 창조해낸 인물이 아니라는 사실은 너무도 유명합니다. 그는 스페인을 포함한 유럽의 많은 지방에서 구전되거나 민요의 형태로 내려오던 '탕자'의 전설과 '초대받은 사자死者'의 전설을 희곡으로 만들어 『세비야의 농락자와 초대받은 석상』을 탄생시킨 것이었으니까요. 그러나 그는 명실상부하게 '돈 후안'이라는 인물의 창조자라고 말할 수 있습니다. 돈 후안은 그로 인해 걸출한 인물이 되었고 개성과 특징을 부여받았으니까요. 이후 이 캐릭터는 이탈리아, 프랑스, 독일, 영국 등의 유럽 전역에서 아류작들을 탄생시켰고 스페인 내에서도 많은 작품들이 탄생했는데, 티르소 이후 문학적으로 가장 뛰어난 작품이 바로 『돈 후안 테노리오』라고 평가받고 있습니다.

**정동섭** 돈 후안에 대해 좀더 구체적으로 말씀해주시지요.

**소리야** 무엇보다도 티르소가 자기 주인공에게 선사한 특징은 크게 두 가지로 말할 수 있을 겁니다. 먼저, 그의 돈 후안은 무엇보다도 여성을 유혹하고 점령하는 데 탁월한 재주를 가진 자입니다. 그는 순발력과 융통성도 뛰어나 귀족 여인들을 점령할 땐 그들의 애인으로 변장했고 평민 여인들을 농락할 땐 자신의 귀족 신분을 이용하여 결혼이라는 미끼를 던졌습니다. 귀족 여인들의 성적 타락과 평민들의 허영심을 가장 적절하게 이용했던 셈이지요. 하지만 그의 목적은 여인들을 정복하는 데 있지 않았습니다.

정복은 하나의 과정일 뿐이었고 궁극적인 목적은 정복당한 여인들을 버리고 도망감으로써 그녀들을 절망하게 하고 고통에 빠뜨리는 걸 즐기는 것이었습니다. 말씀드린 대로 그는 결코 여인을 진정으로 사랑하는 법이 없었습니다. 그리고 또 하나의 특징은 그가 하느님의 자비와 은혜를 아는 기독교도이면서도 그분의 오래 참음을 남용한다는 것이었지요. 저는 위대한 작가 티르소가 확립해놓은 이러한 '돈 후안 성性'에 대해 큰 부담을 느꼈습니다. 그리고 내가 이 인물을 주인공으로 하는 새로운 작품을 낸다면 티르소에 의해 빛이 가려지지 않으면서 그에 버금가는 작품을 쓰고 싶었습니다.

**정동섭** 해체비평가 해롤드 블룸Harold Bloom이 말한 이른바 '영향에 대한 불안'이라고 말할 수 있는 것이겠군요?

**소리야** 그럴 겁니다. 저 역시 시기적으로 먼저 나온 티르소나 사모라의 작품에 대해 불안을 느끼고 있었다고 말하는 게 솔직한 심정이겠죠. 하지만 돈 후안의 기본적인 성격을 유지하면서도 변별적인 인물을 창조하는 것, 그것은 말처럼 쉬운 것은 아니었습니다. 그래서 전 농락자로서의 그의 능력을 극대화시키기 위해 피해 여성을 계량화시켰습니다. 그 결과, 티르소의 작품에서 피해 여성은 기껏해야 네 명 정도에 지나지 않지만 제 작품에선 일흔두 명의 여성이 돈 후안에게 농락당한 걸로 돼 있지요. 또한 기독교도였던 기존의 인물과 구별하기 위해 제 돈 후안은 아직 신앙의 체험을 하지 않은 걸로 설정했습니다. 그리고 기존의 작품에 등장하는 여성들은 피해자로서의 수동적인 역할만을 하고 있었지만 『돈 후안 테노리오』에서는 도냐 이네스가 끝까지 돈 후안을 사랑하고 또 그 사랑으로 돈 후안을 구원의 반열에 들게 하는 그런 능동적인 역할을 수행하게 됩니다.

**정동섭** 『돈 후안 테노리오』에서 주인공만큼이나 독창적인 인물이 아마도 도냐 이네스가 아닌가 생각됩니다만…….

**소리야** 그렇습니다. 도냐 이네스는 『돈 후안 테노리오』의 가장 특징 있는 인물이고 또 미덕이라고 할 수 있는 존재입니다. 그녀는 기존의 여인들처럼 피해자의 위치에 머물러 있지만은 않은 인물이지요. 그녀는 기본적으로 돈 후안을 진심으로 사랑한 여인이고 또 끝까지 순결을 지킨 인물이기도 합니다. 그녀는 그야말로 기독교인입니다. 다른 돈 후안 작품들의 여인들은 비너스와 바커스의 딸이자 여동생이었지만, 이 작품의 도냐 이네스는 천국에서 쫓겨나기 전의 하와의 딸이지요. 그녀는 사랑의 정수입니다. 그리고 결국 그 사랑이 돈 후안의 구원을 이끌어내지요.

정동섭 저는 그 부분에 대해 이렇게 말하고 싶습니다. 티르소가 돈 후안을 창조했다면, 당신은 도냐 이네스를 창조해냈다고 말입니다. 도냐 이네스가 그만큼 문학적으로 독창적이고 뛰어난 인물이란 의미에서 말입니다.

소리야 참으로 듣기 좋은 말이군요. 부인하진 않겠습니다.

정동섭 사모라의 작품이 좀 지나치게 대중을 의식했다고 말씀하셨는데 『돈 후안 테노리오』에는 그런 요소들이 없는지요?

소리야 그렇지 않습니다. 『돈 후안 테노리오』의 부제가 '2부로 구성된 종교환상극'인데 이 작품에서는 그림자들이 말을 하고, 해골들이 움직이고, 무덤들이 저절로 열렸다 닫히기를 반복하고, 뱀 고기와 뼈, 불로 된 저녁식사, 날아다니는 영혼, 사라지는 꽃들 등 환상적인 요소들이 존재합니다. 이는 엄격하게 말하자면 낭만주의 작가 또는 낭만주의 극과는 상관없는 것들이지요. 이는 18세기 전체에 걸쳐 그리고 19세기 전반부까지도 인기를 누렸던 스페인 '마술극'의 영향이라고 봐야합니다. 무대에 올려지는 마술적인 효과들이 낭만주의 시대에도 매우 인기가 있었는데 저 역시 극작가로서 관객의 반응을 고려하지 않을 수 없었습니다. 지금은 저보다 훨씬 덜 알려진 작가이지만 후안 데 그리말디Juan de Grimaldi가 1829년에 쓴 『못뽑이 지레』(*La pata de cabra*)라는 마술극은 1829년에서 1850년 사이에 마드리드에서 최고의 성공을 거둔 작품으로 1830년대에 마술극의 유행을 가져왔지요. 당시 그 작품의 인기는 대단했습니다. 다시 말씀드립니다만 제가 『돈 후안 테노리오』를 쓴 것이 1844년인데, 그런 스타일의 작품을 관객들이 좋아한다는 걸 알면서 어떻게 이를 외면할 수 있었겠습니까? 결국 전 당대 가장 인기 있는 경향을 『돈 후안 테노리오』에 결합시킴으로써 스페인 연극에 이전에는 없던 '낭만적 마술극'이라고 부를 만한 작품을 탄생시킨 격이지요.

**정동섭** 그런 요소들 이외에도 『돈 후안 테노리오』에는 낭만주의와는 다른 요소들이 있는 것 같은데요.

**소리야** 그렇습니다. 먼저 주인공인 돈 후안의 경우만 해도 낭만주의 극의 주인공들과 공통점을 지님과 동시에 차이점들도 꽤 가지고 있습니다.

**정동섭** 좀 구체적으로 말씀해주실 수 있는지요?

**소리야** 보통 낭만주의 극의 주인공들은 고뇌에 찬 인물들입니다. 고뇌는 그들의 운명인데, 그들은 의롭지 못하고 전횡적인 사회 계급의 손에 놀아나면서도 단순히 사랑하는 여인과의 결합을 욕망합니다. 그들의 태생은 복잡하고 불가사의한데 작품의 마지막에서만 그 베일이 벗겨지지요. 또 그들의 행위는 보통 협력과 부드러움에서 좌절과 결투를 거쳐 마지막엔 반역에 이릅니다. 그들은 보통 죽음을 당하는데 폭군적이고 의롭지 못한 힘에 저항하며 죽게 되지요. 돈 후안 테노리오의 경우 반항적이고 활기차며 박해와 좌절을 경험하는 것은 다른 낭만주의 극의 주인공들과 유사합니다. 그러나 대부분의 주인공들이 처음에는 선하고 순수하고 명예로운 사람으로 소개된데 반해, 돈 후안은 그렇지 않습니다. 그는 허영심에 가득 찬 죄인입니다. 또 이성관계에 있어서도 낭만극의 다른 주인공들은 오직 한 여성만을 생각하고 그녀와의 결혼을 꿈꾸다가 전통과 사회가 허용하는 방법이 단절될 때 반항하게 되는데, 그는 말 그대로 난봉꾼이자 농락자이지요. 한편 다른 낭만극의 주인공들이 선함에서 악함으로 이행하는 데 반해 돈 후안 테노리오는 그 반대로 움직입니다. 또 그는 부자이자 명성을 가진 좋은 가정에서 출생했고 감춰진 태생의 비밀도 없습니다. 그리고 다른 낭만주의 작품의 주인공의 경우는 종교적 해결을 거부하고 하느님과의 대립이 제시됩니다. 그들은 여인의 품에서 구원을 모색하지만 거기서는 사랑도 평화도 발견하지 못하고 죽음과 공포만이 주어지지요.

**정동섭** 결국 당신은 낭만주의에서 리얼리즘으로의 이행을 예감하고 있었을지도 모르겠군요.

**소리야** 저나 제 작품을 그렇게 평가하셔도 좋을 듯합니다. 『돈 후안 테노리오』에 나타난 끔찍하고 악마적이며 패륜적인 요소는 분명 낭만주의적입니다. 그러나 앞에서 말한 대로 낭만주의와는 다른 요소들도 많이 있으니 리얼리즘이라고 말할 수는 없어도 아마도 막연하게나마 시대의 변화를 느끼고 있지 않았나 생각합니다.

**정동섭** 지금까지 좋은 말씀 들려주셔서 감사합니다. 한국에서 당신의 『돈 후안 테노리오』가 좋은 평가를 받았으면 좋겠군요.

## 옮긴이의 말

흔히 돈키호테와 돈 후안, 햄릿, 파우스트를 세계문학의 4대 캐릭터라고 말한다. 이 중 돈키호테와 돈 후안이 스페인 출신이다. 이렇듯 인간에 대한 이해를 토대로 심오하고 미스터리한 내면을 반영하는 캐릭터들을 배출해 낸 스페인이지만, 우리나라와는 지리적 · 정서적으로 너무나 거리가 멀었다. 그래서 스페인 문학이 지니고 있는 개성과 풍부함은 우리에게 제대로 전달되지 못했고, 많은 걸작들이 우리 독자들에게 소개되어 공정하게 평가받을 기회를 잃었다. 그리고 아마도 그 가장 큰 피해자가 돈 후안일 것이다.

'돈 후안'은 가톨릭 사제였던 티르소 데 몰리나Tirso de Molina(1584~1648)의 작품으로 추정되는 1630년 작 『세비야의 농락자와 초대받은 석상』(*El burlador de Sevilla y convidado de piedra*)으로 세계문학에 등단했다. 그러나 프랑스 문학의 거장인 몰리에르Molière(1622~1673)가 1665년에 『동 쥐앙 또는 석상의 향연』(*Dom*

*Juan ou le Festin de Pierre*)을 발표했고, 이 작품은 프랑스라는 국가 브랜드를 등에 업으며 세계적인 명성을 얻었다. 그 결과, 돈 후안은 본명을 잃고 '동 쥐앙' 또는 '돈 주앙' 등의 프랑스식 이름으로 우리에게 알려졌다. 이는 스페인 문학 연구자에게는 안타까운 사실이었고, 그래서 시작한 돈 후안 연구가 몇 편의 논문으로 귀결되기도 했다.

상기한 대로, 돈 후안은 17세기 스페인 문학의 산물이지만, 프랑스를 비롯한 여러 나라에서 이 매력적인 캐릭터에 대한 확대재생산이 이루어졌다. 푸쉬킨과 바이런, E. T. A. 호프만, 스탕달, 버나드 쇼, 막스 프리쉬 등이 스페인 밖에서 돈 후안 작품들을 썼고 모차르트까지 오페라 〈돈 지오반니〉를 통해 이 대열에 합류했으니, 스페인에서 돈 후안을 주인공으로 하는 여러 작품들이 쏟아져 나왔음을 짐작하기는 어렵지 않을 것이다. 스페인 문학사에 한 획을 그은 유명 작가들 중 돈 후안 캐릭터를 부활시킨 이들은 아소린과 하신토 그라우, 바예 인클란 등이 있다.

연구의 길목에서 만난 호세 소리야의 『돈 후안 테노리오』(*Don Juan Tenorio*)는 아름다웠다. 아마도 이 작품은 스페인이 배출한 가장 탁월한 '돈 후안 작품'중 하나일 것이다. 문학이 가진 최고의 매력 또는 효용성 중의 하나는 어떠한 형태로든지 작품을 배출하는 그 시대의 사회와 역사에 대한 반영이다. 『돈 후안 테노리오』

역시 기존의 돈 후안 작품들과는 변별되는 19세기 또는 낭만주의에 대한 반영이 발견되는데, 이러한 특징은 돈 후안이라는 인물을 더욱 풍부한 캐릭터로 발돋움할 수 있도록 해주었다.

번역은 언제나 고된 작업이다. 그러나 아무쪼록 이 작품으로 인해 독자들이 돈 후안을 제대로 이해하고, 더 나아가 인간의 한 단면을 이해한다면, 옮긴이에게는 큰 기쁨이 될 것이다.

정동섭 dsjung@jbnu.ac.kr / rescoldo@hanmail.net

## 호세 소리야 이 모랄의 생애

호세 소리야 이 모랄José Zorrilla y Moral은 1817년 2월 21일 스페인 중부에 있는 바야돌리드Valladolid에서 대심원大審院 기록관이자 절대왕정주의자인 돈 호세 소리야 카바예로 Don José Zorrilla Caballero의 아들로 태어났다. 그의 아버지는 정치적으로 중요한 요직을 거쳤는데, 그의 공직생활은 페르난도 7세Fernando VII 치하에 장관 칼로마르데Calomarde가 그를 모든 자유주의자들을 탄압하는 임무를 맡은 경찰총감에 임명함으로써 절정에 이르렀다.

칼로마르데가 낙마하자 그의 아버지도 왕궁과 수도에서 추방되었다. 어린 소리야는 톨레도로 보내져 그곳 대학에서 법학을 공부하게 되었으나, 그는 법학 공부 대신 그림을 그리거나 낭만주의 시인들의 작품을 읽었고 또 시를 쓰기도 했다. 그 결과 아들의 형편없는 학업성적으로 인해 화가 난 아버지는 그를 바야돌리드로 보냈지만 거기서도 소리야는 같은 일을 반복했다. 이후 이미 시인이 되기로 한 그는 아버지의 처벌을 피해 마드리드로 도망쳐 몇몇 잡지에 삽화를 그려주고 글을 쓰면서 궁핍한 생활을 했다.

"자고 일어나니 유명해져 있었다"는 바이런의 말은 어쩌면 소리야에게도 적용될 수 있을 것이다. 그는 1837년 2월 15일에 있었던 스페인 낭만주의 시대의 천재적 풍자가이자 비평가인 라라의 장례식에서 그 전날 밤 즉흥적으로 쓴 애가哀歌를 낭독했는데, 결코 뛰어난 것은 아니었지만 당시의 분위기가 그 작품을 과대평가하게 했고 이로 인해 유명해졌다. 이러한 유명세는 즉각적인 반응으로 나타나 가르시아 데 비얄타García de Villalta는 라라가 글을 쓰던 〈엘 에스파뇰〉(El Español)에서 함께 일할 것을 소리야에게 제안했다. 그후 그는 이 신문에 많은 시를 발표했고 이를 모아 1837년 『돈 호세 소리야 시집』을 출판하기도 했다. 그러나 이런 일련의 사건들도 그의 아버지를 감동시키진 못했는데, 아버지는 소리야를 결코 용서하지 않았던 것이다. 소리야는 항상 아버지를 기쁘게 하고, 허락 없이 바야돌리드에서 가출한 것을 상쇄하기 위해 글을 썼다고 고백했는데 특히 1837년에서 1845년 사이에 쓴 작품은 "아버지의 기억에서 가출한 것을 잊게 해드리기 위한 것"이라고 말하기도 했다.

1839년 그는 병이 들었는데 그의 친구인 안토니오 베르날Antonio Bernal의 어머니이자 당시 40대 과부였던 플로렌티나 마틸데 데 오레일리Florentina Matilde de O'Reilly가 그를 극진하게 간호해주었다. 그녀는 소리야보다 열여섯 살 연상이었는데 그녀가 자기 아이를 임신하게 되자 소리야는 1839년 8월 22일 그녀와 결혼했다. 같은 해 10월 5일 딸 플라시다가 태어났는데 석 달을 못살고 사망했다. 질투심 강한 플로렌티나와의 결혼생활은 행복하지 않았다. 그는 자주 마드리드를 떠나 여행을 다녔는데 실은 아내에게서 도망치기 위한 것이었다고 이후 고백하기도 하였다. 1840년에서 1841년 사이에 『음유시인의 노래』(*Cantos del trovador*)란 제목으로 전설 모음집을 출판했고 이어 『여름날의 불면』(*Vigilias del estío*, 1842), 『추억과 환상』(*Recuerdos y fantasías*, 1844), 『야생 백합』(*La azucena silvestre*, 1845), 『악마의 도전』(*El desafío del diablo*, 1845), 『청동 증인』(*Un testigo de bronce*, 1845) 등의 시집들을 출판했다.

소리야는 극시劇詩도 썼는데 처음에는 성공하지 못했으나 친구이자 『음유시인』(*El trorvdor*, 1836)의 극작가인 안토니오 가르시아 구티에레스Antonio García Gutiérrez와의 공동 작업이 그의 운명을 바꾸어놓았다. 이들은 『후안 단돌로』(*Juan Dandolo*)를 써 1839년 6월 24일 상연했으나 실패했다. 그러나 이로 인해 소리야는 자신의 극적 능력에 대해 확신을 갖게 되었고 1840년 3월 14일 상연한 『구두장이와 왕』(*El zapatero y el rey*)은 큰 성공을 거두었다. 이후 그는 계속해서 『구두장이와 왕 2부』(*El zapatero y el rey, segunda parte*, 1842), 『격류의 메아리』(*El eco del torrente*, 1842), 『두 명의 부왕副王』(*Los dos virreyes*, 1842), 『1년과 하루』(*Un año y un día*, 1842), 『산초 가르시아』(*Sancho García*, 1842), 『고트족의 비수』(*El puñal del godo*, 1843), 『과달라하라의 물레방아』(*El molino de Guadalajara*, 1843), 『산초 왕의 말』(*El caballo del rey don Sancho*, 1843) 등을 상연했고 1844년에는 드디어 최고작 『돈 후안 테노리오』도 상연했다. 1845년에 소리야는 아내의 질투에 지쳐 프랑스로 도주했는데 스페인을 떠나기 전 『상아로 만든 잔』(*La copa de marfil*, 1845)과 『론키요 시장市長』(*El alcalde Ronquillo*, 1845)을 상연하기도 했다.

프랑스에서는 뒤마, 조르쥬 상드George Sand, 알프레드 드 뮈세Alfred de Musset, 테오필 고티에Théophile Gautier 등 그곳의 문학 개혁 인사들과 교류했고 아름다운 칠레 여인을 만나 사랑에 빠지지도 했다.

1845년 12월 어머니가 돌아가셨는데 아버지는 여전히 그를 용서하고 있지 않았기에 이로 인해 그는 버림받은 고아와 같은 느낌을 갖게 되었다. 소리야는 다음 해 귀국하여 출세가도를 달렸고 스페인 신연극 위원회와 스페인 왕립 아카데미 회원으로도 지명되었다. 1849년에는 아버지도 돌아가셔 힘든 시간을 보내게 된다. 이 기간 동안에 『미친 왕』(*El rey loco*, 1847), 『여왕과 총신들』(*La reina y los favoritos*, 1847), 『체온』(*La calentura*, 1847), 『파문당한 자』(*El excomulgado*, 1848), 『창조와 대홍수』(*La creación y el diluvio*, 1848) 등을 출판했다. 이 시기의 수작은 1849년 3월 3일 초연된 『배신자, 배교자 그리고 순교자』(*Traidor, inconfeso y mártir*, 1849)이다.

1851년에는 다시 아내에게서 도망쳐 파리로 갔는데 그곳에서 가장 성공한 시집 중 하나인 『그라나다』(*Granada*, 1852)를 출판했다. 2년 뒤에는 파리 생활을 접고 런던으로 거처를 옮겼는데, 1854년에는 다시 런던을 떠나 신대륙을 향했다. 이후 1858년 1년간 쿠바에 머물렀던 것을 제외하면 1866년까지 멕시코에 있었다. 그러나 그의 명성에도 불구하고 경제적으로는 궁핍했고, 신대륙에서의 생활은 행복하지 않았다. 시집 『추억의 꽃』(*La flor de los recuerdos*, 1855)과 『두 송이 장미와 두 그루 장미나무』(*Dos rosas y dos rosales*, 1859)를 출판하기도 했지만 막시밀리아노 황제가 권력을 장악하여 그에게 멕시코 국립극장 감독직을 맡긴 1864년까지 경제적 궁핍은 계속되었다.

1865년 플로렌티나 마틸데가 사망하자 다음 해에 스페인으로 귀국했다. 그러나 베니토 후아레스Benito Juárez가 이끄는 혁명으로 황제가 총살당하고 제국이 몰락하자 이후 다시 멕시코로 돌아갈 수 없게 되었다. 1867년에는 막시밀리아노Maximiliano 황제와 그가 사랑했던 카를로타Carlota의 슬픈 이야기를 다룬 『영혼의 극』(*El drama del alma*)을 출판하기도 했다.

1869년 그는 후아나 파체코Juana Pacheco와 재혼을 했는데 열 여섯 살 연상과 결혼했던 첫 번째 결혼과는 반대로 그의 신부는 신랑보다 서른두 살이 어렸다. 이때 소리야의 나이는 쉰둘이었고 신부는 스무 살이었던 것이다. 결혼 생활은 행복했으나 경제적

어려움에서 해방되지는 못했다. 1881년에는 바야돌리드의 공식 연대기 기록자로 임명되어 약간의 연금을 받았으나 경제적 안정에는 부족한 액수였고 1885년에는 국가 연금 수혜자로 지정됐으나 죽기 4년 전인 1889년까지 이 연금은 지급되지도 않았다.

『옛 세월에 대한 추억』(*Recuerdos del tiempo viejom*, 1880–1882)은 소리야의 말년에 나온 가장 흥미로운 작품으로 자서전의 형식을 띠고 있다. 몇몇 비평가들은 이 작품이 픽션이 아님에도 불구하고 현실을 조금 미화시키고 문학적이고 정치적인 사건들에 있어 작가의 개인적인 해석을 제시하고 있음을 비난하기도 했다. 그러나 이는 작가의 긴 생애에 대한 추억이 담긴 소중한 작품이 아닐 수 없다.

1885년에는 스페인 왕립 아카데미 회원이 되었다. 사실은 1848년에 선출되었으나 정해진 기일 이내에 입회 연설을 하지 않아 자격을 박탈당했던 것이다. 1889년에는 그라나다에서 '국가 시인'으로 추대되기도 했다. 그러나 그의 명성이 더해가는 동안 그의 건강은 악화되어 투병 끝인 1893년 1월 23일 마드리드에서 일흔여섯의 나이로 숨졌다. 그의 장례는 국가 행사가 되어 19세기 동안 가장 사랑받고 찬양받았던 최고의 스페인 시인에 대한 깊은 존경과 감사를 표현하는 장이 되었다. 그리고 8년 뒤 그의 유해는 그가 태어난 바야돌리드의 묘지로 이장되었다.

**호세 소리야 이 모랄**

1817년 스페인 바야돌리드에서 대심원 기록관이자 절대 왕정주의자인 돈 호세 소리야 카바예로의 아들로 태어났다. 보수주의자였던 그의 아버지는 아들에게 법학을 공부하도록 했으나, 시인이 되기로 한 그는 몇몇 잡지에 삽화를 그리거나 글을 쓰면서 궁핍한 생활을 했다. 1837년 2월 15일에 있었던 스페인 낭만주의 시대의 천재적 풍자가이자 비평가인 라라(Larra)의 장례식에서 낭독한 즉흥시로 하루아침에 유명해진 그는 라라가 글을 쓰던 신문 〈엘 에스파뇰〉에 시를 발표했고, 이후 시집을 출판하기도 했다. 1839년 친구의 어머니이자 자신보다 열여섯 살 연상인 여인과 결혼했으나 아내의 질투로 인해 결혼생활은 행복하지 않았다. 소리야는 극(劇)도 썼는데 처음에는 성공하지 못했으나 『구두장이와 왕』으로 큰 성공을 거두었고 이후 최고작인 『돈 후안 테노리오』를 포함한 여러 작품을 상연했다. 1885년에는 스페인 왕립 아카데미 회원이 됐고, 1889년에는 그라나다에서 '국가 시인'으로 추대되었다. 그러나 명성이 더해가는 동안 건강은 악화되어 투병 끝인 1893년 마드리드에서 일흔여섯의 나이로 숨졌다.

**옮긴이 정동섭**

정동섭은 서울에서 태어나 고려대학교 서어서문학과를 졸업한 후 마드리드 주립대학(Universidad Autónoma de Madrid)에서 스페인 문학으로 석사학위를, 마드리드 국립대학(Universidad Complutense de Madrid)에서 스페인 현대소설 연구로 박사학위를 받았다. 이후 한국예술종합학교(영상원)에서 영화사 및 영화이론을 전공했다. 스페인 문학뿐 아니라 스페인·중남미 영화에 대한 연구를 수행하며, 영화평론가로도 활동하고 있다. 번역서로 『소설의 이론』과 『스페인 영화사』, 『바람의 그림자 (총2권)』, 『보이지 않는 도시』, 『미오 시드의 노래』, 『파스쿠알 두아르테 가족』, 『달에서 떨어진 사람들』, 『스페인 문학의 사회사 (총5권)』 등이 있으며, 저서로는 『돈 후안: 치명적인 유혹의 대명사』와 『20세기 스페인 시의 이해』, 『영화로 보는 라틴아메리카』, 『영화와 관계』(공저) 등이 있다. 현재 전북대학교 인문대학 스페인·중남미학과 교수로 스페인 문학 및 영화 관련 강의를 하고 있다.

**달섬 세계고전 7**

# 돈 후안 테노리오

**지은이** 호세 소리야 이 모랄
**옮긴이** 정동섭
**펴낸이** 김동원
**펴낸곳** 달섬

**초판 1쇄 인쇄** 2019. 3. 22
**초판 1쇄 발행** 2019. 3. 29

**달섬** 전라북도 전주시 완산구 어진길 32 (풍남동2가)
**전화** (063) 219-5322
**FAX** (063) 219-5323
**출판등록** 2012년 8월 20일 제465-2012-000021호



값 9,000원

**ISBN** 979-11-6372-026-3 04870
**ISBN** 979-11-6372-001-0(세트) 04080

이 도서의 국립중앙도서관 출판예정도서목록(CIP)은 서지정보유통지원시스템 홈페이지(http://seoji.nl.go.kr)와 국가자료종합목록시스템(http://www.nl.go.kr/kolisnet)에서 이용하실 수 있습니다. (CIP제어번호 : CIP2019007446)

'달섬'은 전북대학교출판문화원의 임프린트입니다.